「僕はサウヴァド、レグネアを
担当している特級魔法士で——」
しの婿殿じゃっ!!」

水の都で待ち受けるのは
地獄特訓!? それとも水着バカンス!?
エルリア・カルドウェン
かつて『賢者』と呼ばれた
魔法士の始祖たる美少女。
千年前の約束を叶えるため
レイドに結婚を申し込む。

アルマ・カノス
特級魔法士にしてヴェガルタ
魔法学院の教官を務める女性。
かつて『英雄』に仕えていた
家系の末裔でもある。
ミリス・ランバット
レイドたちと同じクラスで
魔法士を目指す少女。
田舎出身のぼっち属性だったが
エルリアと友達になる。

「——俺は『英雄』様だ、
分かったらさっさと死んどけ」
白髪の男が率いる者たちが身に纏っている漆黒の制服と紋章。
それは——漆黒と真紅に彩られた、アルテインの意匠だった。

英雄と賢者の転生婚 3

～かつての好敵手と婚約して最強夫婦になりました～

藤木わしろ

HJ文庫
1058

口絵・本文イラスト　へいろー

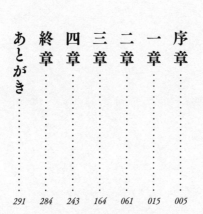

序章

子供の頃《ころ》、いつも見ていたのは天井《てんじょう》だった。

今にも崩《くず》れそうなほど古びた木の天井。

「ごめん……母さん……」

「レイド……あなたは無茶《むちゃ》したらダメだって、前にも言ったでしょう？」

暗い表情を浮《う》かべながら、母親が水に浸《ひた》した手拭《てぬぐい》を額に置く。

いつも、そんな母親の表情ばかり見ていた。

毎日、沈《しず》んだ表情で数えきれないほど溜息《ためいき》をついていた。

それをレイドの前で行わなかったのは、幼い自分に配慮《はいりょ》してのことだったのだろう。

だからこそ、余計にレイドは辛《つら》かった。

ただでさえ貧しい寒村において、幼い自分が負担でしかないことを自覚させられた。

そして、開かれるドアの軋《きし》んだ音と、重々しい足音が聞こえてくる。

「あら……おかえりなさい、あなた」

「ああ……」

母親の言葉に対して、父親も浮かない表情と共に短い言葉を返す。

「……今日の仕事はどうだったの？」

「……やっぱり、この腕《うで》じゃ一日掛《か》けても一本が限界だな」

疲《つか》れ切った表情で父親は力無く頷《うなず》く。

父親は戦によって左腕《ひだりうで》を失っていた。

その負傷によって、父親は僅《わず》かな金を渡《わた》されて追い出されるように退役《たいえき》させられた。

「だけど、片腕《かたうで》のない俺《おれ》が駆《か》り出されるくらいには村に男手がないし、鍛《きた》えていただけあって木は倒《たお》せたからな。火の確保は死活問題ってことで感謝してもらえたよ」

そう苦笑《くしょう》しながら、父親が背負っていた袋《ふくろ》を床《ゆか》に置いた。

鈍《にぶ》い音を立てて、小さく形の悪い芋《いも》が床に数個転がる。

そして……横たわるレイドを見て、父親が僅かに眉《まゆ》をひそめた。

「……また、レイドは倒れたのか」

「ええ……林の中で倒れていたのをグルドさんが見つけたみたい」

「…………そうか」

それを聞いて、父親は目を伏《ふ》せながら溜息をついた。

そんな父親の様子についても、レイドは仕方ないことだと理解していた。

貧しい寒村に生まれた男は、兵士になるくらいしか生きる道がない。

戦争によってアルテインの貧困化《ひんこん》は加速していたが、絶え間なく続く戦争によって仕事が存在しているというような状況《じょうきょう》だった。

だが、病弱なレイドではそれも叶《かな》わない。

それこそ毎年訪《おとず》れる過酷《かこく》な冬の中で、いつ死んでもおかしくはない。

そんなレイドに対して僅かな食糧《しょくりょう》を与《あた》えるのは無駄《むだ》でしかない。

それでも、両親はレイドのことを見捨てなかった。

「レイド……どうして林になんて行ったんだ。お前の身体じゃ難しいことくらい、自分でも分かっているはずだろう？」

少しだけ苛立《いらだ》ちが混じった声音《こわね》で父親が言及《げんきゅう》してくる。

それに対して、レイドは熱に浮かされながら正直に答えた。

「斧《おの》を……持つ練習をしたかったんだ……」

「…………斧？」

「兵士にはなれなくても……せめて、木ぐらい倒せるようになりたかったんだ」

自分では兵士になれないと、既《すで》にレイドは理解していた。

だからこそ、せめて片腕で苦労している父親の力になりたかった。

そんなレイドの言葉を聞いて、父親は少しだけ口元に笑《え》みを浮かべる。

「……そうか。それなら元気になったら父さんが教えてやる」

「…………本当？」

「ああ。これでも父さんは兵士だったからな。木こり用の斧なんかじゃない、もっと大きな戦斧《せんぷ》っていうのを振《ふ》り回して戦っていたこともあるんだぞ」

精一杯《せいいっぱい》の笑顔《えがお》を作りながら、父親がレイドの頭を軽く撫《な》でる。

「だから、お前が元気になるまではゆっくり休め」

そんな父親の姿を見て、母親も小さく笑みを浮かべていた。

レイドの記憶《きおく》の中で、二人が見せた数少ない笑顔だった。

だが――そんな些細《ささい》な幸せすらも長く続かなかった。

冬が近づくにつれて一日の食事すらままならなくなっていき、空腹によって両親が言い争う姿も多くなっていった。

その鬱憤《うっぷん》を晴らすように、レイドに向かって苦言を口にすることもあった。

しかしレイドにとって母親である事実が変わらないように、母にとってもレイドは何物にも代えがたい大切な子供だったのだろう。

だからこそ、母親は涙《なみだ》を流しながらレイドに向かって言った。

「――どうして、あなたはこんなにも弱いの……ッ!!」

それはレイドの身体に対してだけでなく、そんな我《わ》が子に何もしてやることができず、余裕《よゆう》さえも失って我が子に当たることしかできない母親としての嘆《なげ》きでもあった。

きっと、母親は既に限界だったのだろう。

だからレイドは母親を救いたいと考えた。

何にも役に立てない、ただの重荷でしかない自分が役に立つ方法が一つだけあった。

「あの馬車に連れて行かれたら、二度と村には帰って来られない」

そう子供のたちの間で噂《うわさ》されていた話があった。

それは奴隷《どれい》商人の馬車だった。

貧困によって生活もままならない、しかし我が子を口減らしのために殺めることもできない……そんな親に付け込《こ》んで、僅かな金や食糧と引《ひ》き換《か》えに子供を引き取る。

その存在を子供たちは恐《おそ》れながら語っていたが、レイドにとっては救いだった。

自分がいなくなれば両親を救うことができる。

重荷であった自分が消えれば両親が苦悩《くのう》することもなく、たとえ端金《はしたがね》や一切れのパン程度の価値であったとしても両親を助けることができる。

そして、レイドは家を飛び出した。

夜中に来た奴隷馬車を見て、両親の目を盗《ぬす》んで自分を売りに行こうとした。

だが……それすらも叶わなかった。

「——おや、こんな夜更《よふ》けに子供一人かい？」

人目につかないように林を抜《ぬ》けようとしたところで、一人の男に呼び止められた。

外套《がいとう》を被《かぶ》っていたが、月が出ていたので顔を見ることはできた。

穏《おだ》やかな笑みと、外套から僅かに見える銀色の髪《かみ》。

そんな男に対して、レイドは警戒《けいかい》しながら言葉を返す。

「……村の人たちには何も言わないで欲《ほ》しい」

「うーん……それは難しいかな。夜は危ないし、君の両親が心配しているだろうしね」

「それでも、父さんと母さんのために俺は行かないといけないんだ」

遠くに見える馬車の明かりを見つめながらレイドは言う。

「俺が奴隷になれば……父さんと母さんに金が入る。それで二人を助けられるんだ」

「それは、君の意思で決めたのかい？」

「そうだ。だから黙《だま》って行かせて欲しい」

そう言うと、男は顎《あご》を撫でながら再び尋《たず》ねてきた。

「君は英雄《えいゆう》と賢者《けんじゃ》、どっちになりたい？」

「………なに、それ？」

「大事な質問さ。その答えによって、君の未来が大きく変わることになる」

困惑《こんわく》するレイドを無視して、男は軽く視線を向ける。

そこには奴隷馬車の明かりがある。

「君はとても賢《かしこ》い子だ。自分が無力だと理解しているだけでなく、無力な自分なりに最善とも言える方法を導き出し、両親を救おうと考えて行動に移そうとした」

そうレイドを見つめながら言う。

「だから、君はあの馬車に乗って売られた後にも重宝される。その深い賢知《けんち》によって周囲から称賛《しょうさん》を浴び、やがて『賢者』と呼ばれることになるだろう」

だけど、と男は言葉を続ける。

「――君の願いが全て叶うなら、君は何者になりたい？」

深い海のような色の瞳《ひとみ》を向けながら問い掛けてくる。

その答えは決まっている。

ずっと弱い自分が嫌《いや》だった。

ずっと何もできない自分が嫌だった。

だからこそ――

「俺は……誰《だれ》よりも強い『英雄』になりたい」

拳《こぶし》を強く握《にぎ》りしめながらレイドは答える。

「父さんや母さんに苦労ばかり掛ける自分が嫌だ。父さんの手伝いすらできない弱い身体が嫌《きら》いだ。俺は……そんな何もできない弱い自分のことが大嫌《だいきら》いだッ!!」

瞳に涙を溜《た》めながら、自身の中に押《お》し留《とど》めていた感情を吐露《とろ》する。

そんなレイドを見て、男は静かに笑みを浮かべながら頷いた。

「だけど『英雄』になるのは辛いよ。君のお父さんやお母さんだけでなく、世界中の誰もが力を持った君のことを恐れるようになるんだ」

「……その方が、弱い自分なんかよりマシだ」

「そんなことはない」

今までと違《ちが》い、男は少しだけ鋭《するど》い口調で言葉を返した。

「君と同じように力を望んで、自分の理想を叶えるために誰よりも強くなって、世界の全てを敵に回して……そして、最後には孤独《こどく》となって絶望してしまった子がいた」

そう遠くを見つめながら男は語った。

まるで、遠い未来の光景を思《おも》い浮かべるように。

「本当は誰よりも平和を望んで、誰よりも他の人たちの幸せを考えていたのに……僕《ぼく》たちはその子を利用しただけでなく、その真意を理解できず『悪』だと決めつけてしまった」

自身の過《あやま》ちを悔《く》いるように、男は苦笑しながら語る。

そして……目を伏せてから再びレイドに向き直った。

「それでも、君は『英雄』になりたいかい？」

「なれるもんだったらなりたいよ」

「なるほど即答《そくとう》だねぇ……」

「だって俺は弱いから、そんな強い子のことなんて分からない」

少し動いただけで身体を壊《こわ》し、斧を握ることさえままならないレイドには分からない。

そんな強者の悩《なや》みなど、弱者のレイドには理解できない。

「だから強くなりたいんだ。俺と同じように弱い人の気持ちは分かるけど、俺が弱いままだとおじさんの言った子みたいな強い人の気持ちを分かってあげられない」

人よりも生まれつき身体が弱くて、他人が当たり前のようにできることすらできなくて、しかしそれを「普通《ふつう》」の人たちは理解してくれない。

その理解してもらえない悲しみや辛さをレイドは知っている。

「だから俺が同じくらい強くなって、その子のことを分かってあげられたら――」

そうレイドは言葉を続けてから――

「――きっと、俺はその子と友達になりたいって考えると思う」


男に向かって、レイドは自身の中に浮かんだ言葉を告げる。

その言葉を聞いて、男はしばらく呆然《ぼうぜん》としていたが――

「ははっ……なるほどね。だから君は『英雄』なんてものを作ったのか」

嬉《うれ》しそうに笑ってから、男は静かに立ち上がった。

「それなら馬車には乗らない方がいいね。君は『英雄』になるべきだ」

「……だから、俺は弱いから無理だよ」

「大丈夫《だいじょうぶ》。君が諦《あきら》めずに毎日身体を鍛えていたら叶うさ」

そう言って、男はレイドに向かって手をかざしてから――


「――それが、君に全てを託《たく》した『英雄』たちの望みだ」

その言葉を最後に、レイドは意識を失った。

一章

すっかりと日常になってしまった学院の朝。

しかし、今日だけは普段《ふだん》とは違っていた。

「――――くぁ」

教室の机に肘《ひじ》を突《つ》きながら、レイドは欠伸《あくび》を噛《か》み殺した。

「どうしたレイド、寝不足《ねぶそく》か？」

「ああ……珍《めずら》しく夢なんて見たもんで、なんだか眠気《ねむけ》が抜けなくてな」

「今日はレイドがぽけぽけだった」

ウィゼルの問いかけに対して、エルリアがふんふんと頷く。

「へぇー、珍しいですね。それじゃ今日のエルリア様はぽけらなかったんですか？」

「ううん、わたしもぽけぽけだった」

「ツッコミ不在の地獄《じごく》みたいな状況じゃないですか……ッ！」

「なかなかに悲惨《ひさん》だった」

ミリスの言葉に対して、エルリアがしゅんとしながら答える。

「レイドがぽけぽけだったから、ミルクティーの温度は五度くらい低かったし、お風呂《ふろ》の温度は普段よりも二度高くて、用意されていたのは制服だけで下着がなかった」

「レイドさん、朝から色々と頑張《がんば》っていたんですね……」

「おかげでエルリアのぽけり具合から適切な対処ができるくらいには慣れたさ……」

段階によって分かれるエルリアの『ぽけぽけ』を見出《みいだ》したことによって、今では効率よくエルリアを覚醒《かくせい》させることができている。これも努力の賜物《たまもの》だろう。

「それで、レイドはどんな夢を見たの？」

「あー……昔の夢だったのは確かだが、よく覚えてないんだよな」

そもそもレイドにとっては数十年以上前の記憶で、過酷な状況だったこともあって記憶も断片的《だんぺんてき》なものしかない。

それこそ、記憶が定かなのは身体を鍛えるようになった頃《ころ》からだ。

それに何も無い寒村であり、日々を生きることに必死だったと思うので、特に記憶に残るようなことも無かったのだろう。

「――ふん、そんな夢の話なんていう不毛な会話をしている場合じゃないぞ」

そう声を掛けられたところで、レイドたちは振り返る。

そこにいたのは、腕を組んでふんぞり返っているファレグと――

「お久しぶりです、皆《みな》さん」

「助けていただいたお礼が遅《おそ》くなってしまい、申し訳ありませんでした」

黒髪《くろかみ》を後ろで結《ゆ》った少女と茶髪《ちゃぱつ》の小柄《こがら》な少年。

ファレグに付き従っていた従者の二人。

久しく見ていなかった二人の制服姿を見て、レイドは思い出したように頷いた。

「ああ、今日からヴァルクとルーカスが復帰するのか」

「はい。おかげさまで無事に復学することができました」

「カルドウェン様とフリーデン様だけでなく、応急処置をしてくださったランバット様とブランシュ様には感謝の念に堪《た》えません」

「いや、そちらの二人はともかくオレたちは感謝されるほどのことはしていないさ」

「ですねー。エルリア様が転移させた後に教員の方々に引き継《つ》いだだけですから」

「そんなことはありません。適切な処置が施《ほどこ》されていなければ、私の腕やルーカスの足には障害が残ったと言われました。私たちが早期に復学できたのはお二人のおかげです」

粛々《しゅくしゅく》とした事務的な口調で、ヴァルクはスカートの裾《すそ》を摘《つ》まんで恭《うやうや》しく頭を下げる。

その言葉に同調して、ルーカスも鷹揚《おうよう》に頷いた。

「ヴァルクの言う通りです。我々はファレグ様が無事に学院を卒業できるようにと、本家であるヴェルミナン家から命を受けております。負傷によって障害が残っていたら、当主からの命を果たせずに終わるところでした」

「フンッ！　お前たちがいなくとも僕の実力なら一人で学院を卒業できるがなッ！」

「……このような性格の方であるため、一人だと孤立《こりつ》するだろうと危惧《きぐ》されて当主様は私たちを置いていたので、本家も皆様《みなさま》に対して大変感謝しているそうです」

「ああ……やっぱりそんな感じの理由でお二人がいたんですね……」

「あまりにも納得《なっとく》できる理由で驚《おどろ》きすらないな」

「おい待てッ！　入学を合わせたのは幼馴染《おさななじみ》だからだと言っていただろう⁉」

「『そう説明しないと面倒《めんどう》だからです』」

「ああ……僕はもう何も信じられなくなってきた……ッ‼」

ミリスとウィゼルが何度も頷く中、ファレグだけが頭を抱《かか》えていた。さすがに信頼《しんらい》していた従者たちからも面倒だと思われていたという事実は心にきたのだろう。

しかし、そんなファレグの様子を見て二人は口元に笑みを浮かべる。

「我々は幼い頃からファレグ様について知っていたので、一人にさせないように急いで復学できるよう努めてきましたが……そちらについては杞憂《きゆう》だったようですね」

「ええ。私たちの見舞《みま》いに訪れる際にも皆さんの話をよくされていましたし、ファレグ様の口から他者の名前を聞くこと自体が驚きだったくらいです」

「お、おいッ！　それはこいつらの前で絶対に言うなと話しただろうッ⁉」

「これは失礼しました。それでは指南を行っていたフリーデン様に対して『あいつは魔法《まほう》が使えないけど本当に面白《おもしろ》い発想をする』と称賛していた件も黙っておきましょう」

「待てヴァルク、ファレグ様が仰《おっしゃ》っていたのは『あいつは強いだけじゃなくて周囲の人間まで深く見ている。あの男を見つけたカルドウェンは偉大《いだい》だ』といったものだろう？」

「まぁどちらも言っていましたし、色々とありすぎて忘れてしまいましたね」

「もうやめてくれ……ッ！　それ以上は僕の精神が保てなくなる……ッ‼」

ついにファレグが頭を抱えたまま床を転がり始めた。話を聞く限り幼馴染のようなので、ファレグの扱《あつか》いについてよく分かっているようだ。

「お前たち……従者として僕に対してそんな口を利《き》いて良いと――」

「そういえばご報告が遅《おく》れましたが、先日私たちへの命令は当主様から解かれました」

「それは本当に報告が遅れちゃいけないやつだろうッ⁉」

「直近のファレグ様の様子を報告したところ、それならば孤立することはないだろうと当主様が判断されたようです。そのため今後我々は以前通りの関係に戻《もど》ります」

そう告げてから、二人は大きく頷いて見せ――

「――いやぁ、当主様の命令とはいえキツかったっすね、ヴァルク」

「まったくです。食堂でランバットさんに魔装具《まそうぐ》を向けた時なんて、このバカ坊《ぼ》っちゃんはもうダメだと思ってブン殴《なぐ》ろうかと思いましたよ」

「そうっすよねぇー！　そうやって子供の頃から何度も失敗して、俺たち以外に友達ができないって泣きついてきたこともあったのに全く学んでないんすから」

「おいお前ら子供の頃の話は持ち出すんじゃないッ!!」

「本当に皆さんには失礼な物言いばかりですみませんでした。もう二度とこのようなことが起きないように、私たちが坊っちゃんの恥《は》ずかしエピソード百選をご提供しますので」

「お、どれからいくんすか？　おねしょが恥ずかしくて夜中に泣きながら俺の布団《ふとん》と交換《こうかん》してくれって頼《たの》んだやつっすか？　それともヴァルクを男と勘違《かんちが》いして風呂場《ふろば》に突撃《とつげき》して、怒《いか》り狂《くる》った乳母《うば》に尻《しり》が真っ赤になるまで叩《たた》かれたやつっすかね？」

「うおおおおおおおおおおおおおおッッ!!」

二人の暴露話《ばくろ》によって精神が限界を迎《むか》えたのか、ファレグが悶絶《もんぜつ》しながら床に向かってガンガンと頭を打ちつけ始めていた。この様子を見ているだけで三人の関係性がよく分かるといったものだ。

「というわけで、性格に難のある坊っちゃんですが仲良くしてあげてください」

「あ、一応さっきみたいに敬語とかの方がいいすかね？」

「楽な方でいいと思うぞ。俺やエルリアは気にしないし、他の二人とは総合試験でチームを組むことになるから気兼《きが》ねなく会話できる方がいいだろうしな」

「そんじゃ御言葉《おことば》に甘《あま》えて、皆さんよろしくどうもっす！」

「なるべく皆さんの足を引っ張らないように尽力《じんりょく》させていただきます」

打ちひしがれるファレグを放置して、二人がレイドたちに向かって軽く頭を下げる。

しかし、これでようやく総合試験に臨《のぞ》む人間が揃《そろ》ったと言える。

「そういや坊っちゃんから俺たちをチームに加えるって件については聞かされていたんすけど……実際のところ本当に大丈夫なんすか？」

「私たちもヴェルミナンに仕える身として恥じない程度に訓練を積んでいますが……治療《ちりょう》のためとはいえ、一ヵ月近くも訓練から離《はな》れていた身ですからね」

条件試験とは異なり、総合試験は各地域にある魔法学院も含《ふく》めた全体で行われる。

そのため試験期間は二週間と長く取られているが、試験場となる魔法学院への移動、試験に対する準備などを考えると時間に余裕はない。

しかし、レイドたちも二人が加入する前提で教導を行ってきている。

「あらかじめ二人の魔法については坊主《ぼうず》から聞いておいたし、復帰した直後っていう二人の状態も考慮《こうりょ》して役割を決めたから問題はないはずだ」

「うん。わたしとレイドで相談してバッチリ大丈夫って結論になった」

レイドの言葉に同調しながら、エルリアが自信満々に拳を握ってみせる。

レイドが部隊行動における大局的な思考や戦術を担当し、エルリアが魔法士の観点から戦術の最適化と修正を行ったので確実に部隊として機能するのは間違《まちが》いない。

一つ問題があるとしたら——

「「二人には死ぬ気で頑張ってもらうことになる」」

「……なるほど、坊っちゃんが毎回ボロボロで返却《へんきゃく》されていた理由がこれでしたか」

「俺たちも近々あんな感じになるんすねぇ……」

レイドたちの言葉を聞いて、ヴァルクとルーカスが遠い目をしていた。復帰早々に無茶をさせるのは忍《しの》びないが、時間がないので詰《つ》め込むような形になるのは仕方ない。

「まぁ俺たちも別試験の準備だったり、現地で調べることがあったりで忙《せわ》しなくなるが、時間を作って二人の動きを見て修正する予定だから安心してくれ」

「現地で調べ物？　パルマーレの近くに何かあるんですか？」

レイドの言葉を聞いて、ミリスが不思議そうに首を傾《かし》げる。

今回、総合試験の試験場として選ばれたパルマーレは大陸東端《とうたん》の小国だ。

広大な東部海域に面しているというだけでなく、湖沼《こしょう》、河川《かせん》、地下水源といった水に関連する場所や特色が非常に多いことから、『水都パルマーレ』とも呼ばれているほどであり、大陸東部の観光地としても名高い国である。

だが、レイドの目的は違う。

「先に言っておくが調べ物ってのは観光とかじゃないぞ。俺とエルリアが調査に行くのはパルマーレから西に行った地域だからな」

「パルマーレの西って……あそこって無駄にでかい砂漠《さばく》しかありませんよね？」

「うん。それと大規模な遺跡群《いせきぐん》があるの」

遺跡群という単語を聞いて、ウィゼルが何かに気づいたように顔を上げる。

「……なるほど、『過去』についての調べ物か」

「そういうことだ」

千年前――大陸の東部はアルテインによって統治されていた。

そして現在では地図から消えて細かい地形なども変わっているが……その砂漠地帯には、かつてアルテインの帝都《ていと》が存在していた。

だからこそ、あまりにも不自然だと言える。

確かに帝都周辺は自然に恵《めぐ》まれている場所ではなく、土地開発によって多くの自然を奪《うば》っていたが、千年という歳月《さいげつ》で完全な砂漠に変わるとは考えにくい。

それならば――何者かがアルテインの存在を覆《おお》い隠《かく》した可能性もある。

「アルマ先生も一度行ったことがあるって言ってたけど、実際に見てみないと分からないことも多いから、わたしたちも直接行って調べてみることにした」

「それに俺たちは別試験だから、さっさと終わらせれば時間に余裕ができる。それを利用して色々と調べてこようってわけだ」

「さっさと終わらせるって、お二人の試験担当って特級魔法士ですよね……？」

「「まぁなんとかなると思う」」

「当代最高峰《さいこうほう》の魔法士たちをそんな軽いノリで相手にしないでください……ッ!!」

ミリスがぶんぶんと首を横に振っていると、話を聞いていたファレグが眉をひそめる。

「……砂漠の遺跡群ということは、お前たちが行くのはリベルタ砂漠か？」

「なんだ、知ってるのか？」

「当然だ。リベルタ砂漠は東部地域最大の魔獣《まじゅう》出現地帯で、砂漠という過酷な環境《かんきょう》も相まって魔獣調査が滞《とどこお》っている区域だ。遺跡群の保全といった観点によって大規模魔法の使用も禁じられているし……以前見た奴《やつ》のように、未知の魔獣も多数目撃《もくげき》されている」

条件試験の際に遭遇《そうぐう》した『武装竜《ぶそうりゅう》』のことを思い出したのか、ファレグが二人に視線を向けてから表情を歪《ゆが》める。

「しかもリベルタ砂漠はパルマーレだけの管轄《かんかつ》ではなくて、隣接《りんせつ》している他地域と合同で監視《かんし》と管理が行われている場所だ。たとえ特級魔法士であっても簡単に許可は下りないし、僕やカルドウェンの家名を使ったとしても数ヵ月は掛かるぞ」

「そこらへんの問題も解決済みだ」

そう返したところで、レイドは教室の入り口に視線を向ける。

入り口のドアにもたれかかって、のんきに欠伸をしているアルマの姿。

「なにせ——こっちには強力な手札が揃《そろ》ってるからな」

そう言って、レイドは口端《くちは》を吊り上げた。

◇

教室を出て、レイドたちは待機していたアルマと共に応接室へと向かった。

そして——

「エルリア～～～～～～っっ!!」

入室した瞬間《しゅんかん》、エルリアが凄《すさ》まじい速度でさらわれていった。

「はぁーっ！　もっちもち！　エルリアの頬《ほお》はもっちもちですわ～～っ‼」

「はい……わたしのほっぺはもちもちです……」

クリス王女に頬ずりされながら、エルリアが疲れ切った表情で天井を見つめている。前回は久々に会ったからだと思っていたが、毎回この調子で飛びついているようだ。

そんなクリス王女の生態を眺《なが》めながら、アルマが軽く咳払《せきばら》いをする。

「あー、王女殿下《でんか》。悪いけど話を進めていいかしらね？」

「お待ちなさいっ！　まだエルリア成分を十分に摂取《せっしゅ》してませんわっ‼」

「そんじゃエルリアちゃんを抱えたままで話を進めましょうか」

「アルマ先生……それだとわたしのほっぺが無くなっちゃう……っ！」

「自分のもちもちほっぺを信じて耐《た》えなさい」

わたわたと助けを求めるエルリアの言葉を却下《きゃっか》して、アルマは構わずに言葉を続けた。

「それで……リベルタ砂漠への立ち入り許可は下りたのよね？」

「ふふん、当然ですわ。パルマーレ政府だけでなく、リベルタ砂漠に隣接する全地域に向けて短期調査を行うという旨《むね》を通達してありますわよ？」

自信満々に答えてから、クリス王女は表情を改める。

「なにせリベルタ砂漠の周辺は魔獣被害《まじゆうひがい》を抑《おさ》えるため、莫大《ばくだい》な費用を投じて監視や防衛のために魔法士たちを配備しておりますもの。そこに複数の特級魔法士が短期調査のために立ち入って魔獣狩《まじゆうが》りを行うのですから、わざわざ断る人間なんていませんわ」

魔獣が人里に出現した場合、通常の獣害《じゆうがい》と違って大規模な被害を受けやすい。

土地や人的被害だけでなく、被害を受けた該当《がいとう》地域の復興、被害者たちへの補填《ほてん》や援助《えんじょ》など、長期的かつ継続的《けいぞくてき》に損失が続くことになる。

だからこそ魔獣被害の発生を未然に防ぐため、危険指定区域の周辺に魔法士を配備して防衛を行うわけだが……魔法士の人員にも限りがあり、それによって通常の巡視兵《じゆんしへい》と比べて人件費が高く、他所に点在する危険指定区域にも配備しなくてはいけない。

しかも、リベルタ砂漠の場合は単純に魔法士を投入して魔獣狩りを行えばいいという場所でもなく、砂漠地帯という過酷な環境と限られた物資での行動、そして未調査である遺跡群の保護だけでなく、一定以上の知性を持つ魔獣からの報復行動といった二次被害を防止するなど……様々な要因が重なっていて安易に手出しできない。

だが、特級魔法士であれば全ての条件をクリアできる。

「複数の特級魔法士で魔獣狩りを行えば、当面の間は魔獣に対する警戒度《けいかいど》を下げることができますわ。そして調査結果と浮いた費用で新たな対策にも着手できるでしょう」

単独でも超大型魔獣《ちょうおおがたまじゅう》を討伐《とうばつ》できる力量、魔獣や魔法戦闘《まほうせんとう》に対する深い知見、調査後の二次被害等を想定した適切な判断行動など、その全てにおいて申し分ない。

それでもリベルタ砂漠の調査が行われて来なかったのは、魔獣が砂漠を生息域にしているため人里に出現する可能性が低いこと、現状で十分に対処が行えていること、そして特級魔法士の人数が極《きわ》めて少なく、他の危険指定区域を優先して各地に散らばっていたというのが大きな理由だ。

「今回は能力が未知数であるレイド・フリーデン、現時点で実力が測りきれないエルリア・カルドウェンの試験として特級魔法士二名が招集され、担当教員であり同じく特級魔法士であるアルマ・カノスを加えると三名。短期とはいえ調査隊としては十分ですわ」

「うまいこと状況を利用したというか、理由としては納得できるけど短期間で周辺地域を全部丸《まる》め込むとは恐ろしいわねぇ……」

「大部分は王家の立場は利用しましたけれど、これでもわたくしは以前から施策《しさく》や計画に携《たずさ》わっていますのよ？　民を納得させて動かせずに王家は名乗れませんわ」

そうクリス王女が自慢《じまん》げに胸を反らしてみせるが、直後にじとりとアルマを睨《にら》む。

「……で、そこにいる二人も調査に同行させるわけですわね？」

「あら、あたしが非公式で荷物持ちを二人ほど雇《やと》うだけよ？」

「別に誤魔化《ごまか》さなくてもいいですわ。あなたが何かしら関わっているのは気づいていますし、同行させるなら死んでも守れと命じるだけですもの」

そう溜息と共に告げてから、クリス王女がむぎゅりとエルリアを抱《だ》き寄せる。

「と・く・に！　エルリアのかわいい顔に傷でも付けたら許しませんわよっ!!」

「たぶんもちもちだから大丈夫よ」

「確かにこのもちもち具合だったら大丈夫な気がしてきますわねっ!!」

「わたしのほっぺに過度な期待をしないで欲しい……」

適当なことを言っている二人に対してエルリアが控《ひか》えめな抗議《こうぎ》を口にする中、アルマが何か思い出したように顔を上げた。

「そういえば王女殿下、今回の件に参加する特級魔法士って誰なの？」

「レグネアを管轄とする二名ですわ。別件の調査でこちらの大陸に渡ってきているそうなので、調査の合間に二人の試験を行うように魔法士協会から伝達がいっているでしょう」

「うわぁ……またずいぶんと厄介《やっかい》な二人を選んできたわねぇ……」

眉間《みけん》にシワを寄せるアルマに対して、レイドはその二人について尋ねる。

「厄介ってことは、単純に強いってだけじゃないのか？」

「そうねぇ……そこらへんはエルリアちゃんの方が分かってそうだけど」

「ん……レグネア出身の魔法士って意味なら、確かに厄介かもしれない」

　珍しくエルリアもへにょりと眉を下げた。

「魔法は元々魔術《まじゅつ》を起源としたものだけど、レグネアの魔法士たちは東方大陸独自の『呪《じゅ》術《じゅつ》』を組み込《く》んだ魔法を使うから、わたしたちが扱う魔法と傾向《けいこう》が違ったりする」

「そういや、今だと普通にレグネアと国交があるんだもんなぁ」

　東方にある大海を超《こ》えた先には、もう一つ大陸が存在している。

　それが――東方大陸の『レグネア』だ。

　千年前にも名前こそ伝わっていたが、東方の海域は天候や波が安定しないせいで船舶《せんぱく》による航行が難しく、運よく漂着《ひょうちゃく》したレグネアの民たちが「東にも大陸がある」と語ったことで存在は認知《にんち》されていたが、それ以外については謎《なぞ》の多い大陸だった。

　しかし現在は土地の魔力《まりょく》改善等で気候が安定し、魔法技術の発達によって安定した航行が可能となり、三百年ほど前からヴェガルタとの国交を開始している。

　それによって謎多き大陸は徐々《じょじょ》に明らかになっていき――西方の『魔術』とは異なる形で、独自に発展していた『呪術』という文化の存在も明るみに出た。

「魔法史学で少しは目を通したけど、魔術と呪術ってそんなに違うのか？」

「うん。マフィンとスコーンくらい違う」

「似たようなもんじゃねぇかよ……」

「………ぜんぜん違うもん」

レイドの返答を聞いたことで、エルリアが不満げに頬をぷくりと膨《ふく》らませながら顔を背《そむ》ける。もちもちほっぺが膨らんでしまうほど大きな違いがあるらしい。

それに対して、アルマが補足を加えてくれた。

「まぁ閣下が思っている以上には別物かしらね。ヴェガルタは中遠距離《ちゅうえんきょり》を主体とした魔獣《まじゅう》戦闘《せんとう》に特化しているけど、レグネアは民族間における諍《いさか》いや問題を解消するために決闘《けっとう》の勝敗で決めたりするから、魔法の内容も対人戦闘《せんとう》に寄っていたりね」

「思っていた以上に違うじゃねぇかよ……」

「まぁエルリアちゃんが言っていたのは魔法の本質的な部分じゃないかしらね」

「それ！」

理解してもらえたのが嬉しかったのか、エルリアがふんふんと何度も頷《うなず》いて見せる。

「魔術は外側に作用するものが多くて、呪術は内側に作用する傾向にある」

「……俺《おれ》にも分かるように説明すると？」

「一番分かりやすいのだと、魔術は魔力で炎《ほのお》とか氷を作ったりするものが多い。だけど呪術は腕《うで》の力を強くしたり足を鉄みたいに固くしたりするのが多い」

「あー、魔力によって変化する部分が違うってことか」

「そう。マフィンはしっとり、スコーンはサクサク」

エルリアが手をぱたぱた振りながらマフィンとスコーンの違いも力説する。その違いについてはともかく、基となる魔術と呪術の違いについては理解できた。

魔力によって体外に変化を及《およ》ぼし、炎や氷といった物質の生成を行うのが魔術。

魔力によって体内を変質させ、身体能力や特性を付与《ふよ》できるのが呪術。

それらは魔装具によって最終的には同じ『魔法』となるが、基になっている術式や魔力の扱い方が違うので、同じように見えても作用している部分は違うということなのだろう。

「あとはレグネアの魔法には『等価呪縛式《とうかじゅばくしき》』っていうものが組み込まれていて、魔法を強制解除する条件がある代わりに、魔法そのものを大幅《おおはば》に強化している場合もある」

「そこが厄介なのよねぇ……初見だと強制解除の条件を見つけないといけないし、それが分かったとしても通常より強化された魔法のせいで対処が難しかったり、ヴェガルタ式は霧《きり》とか煙《けむり》で視界を奪ったりするけど、レグネア式は魔法が内部に作用して直に視覚や聴覚《ちょうかく》を奪ったりして妨害《ぼうがい》してくるから普段と対処が違って面倒なのよ……」

「ほー、そりゃ単純な魔法を相手にするより厄介そうだな」

「うん。だからレイドも魔法を殴ったり掴《つか》んだりできない」

「まぁ五感を封《ふう》じられても第六感で見つけ出してブン殴るけどな」

「そういうデタラメなことを本当にやってくるのがレイドって感じする」

「エルリアだって似たようなことできるだろ？」

「うん。今までの戦闘経験と戦闘中に見てきた相手の行動や思考パターンから移動先を推測して、魔法を先撃《さきう》ちしておいたり罠《わな》を置いたりできる」

「言語化するとそんな感じか。第六感って言うより説得力あっていいな」

「記憶《きおく》と経験っていう五感以外の部分を使ってるから、第六感も間違ってない」

「そこの最強夫婦《ふうふ》、常人では分かりにくいところで盛り上がらないでちょうだい。王女殿下が話についていけなくてぽかんとしてるから」

そうアルマに言われてクリス王女に視線を向けると、レイドたちのバトル談義に付いて行けずにぽかんと口を開けながら「あら小鳥さんですわー」と外を眺めていた。

エルリアの弟子《でし》だったティアナは戦闘にも長《た》けていたが、クリス王女はどちらかといえば政治畑の人間ということなのだろう。

そんなクリス王女を眺めていたところで、レイドは用件を一つ思い出した。

「そういえばクリス王女、少しだけもう一人の方と会話することはできますか」

「……ここでですの？」

「ええ。アルマは俺たちの事情や『過去』について理解して協力している立場でもあるので、もう一人について知ったとしても問題はないと思いますので」

「なるほど。それなら別に構わないでしょう」

少しだけ警戒したクリス王女だったが、その言葉を聞いて安堵《あんど》するように胸を撫《な》でる。

そして、クリス王女が静かに目を伏《ふ》せたところで――

「――何の用ですか、レイド・フリーデン」

その目を開けた瞬間、纏《まと》っていた雰囲気《ふんいき》が大きく変わった。

それを確認《かくにん》したところで、レイドは軽く手を挙げながら挨拶《あいさつ》する。

「悪いなティアナ嬢《じょう》ちゃん、少し訊《き》きたいことがあって呼びつけた」

「そんな気軽に呼びつけないでもらえますか。こちらは王族としての身分を返上してまで東部の再開発に尽力している最中なのですから」

それに、とティアナは目を細めながらアルマを見る。

「……信用を置いているとはいえ、会話なら部外者を外してからにしてください」

「そこまで無関係な奴でもないから大丈夫だ。そこにいるアルマは俺の部下で旗持ちとして就《つ》いていたライアットの子孫だからな」

「…………ライアット様の子孫？」

その事実を聞いた直後、ティアナの目の色が変わる。

以前、ティアナは「アルテイン軍の残党と協力した」と言っていた。

そしてライアットが生きて手記を残していたことから考えて、おそらくアルテイン軍の反乱を煽動《せんどう》したのがライアットであり、その際にティアナと何かしらの接点を持っているはずだと考えていた。

「なるほど……あなたがクリスの話していたカノスの末裔《まつえい》でしたか」

そう呟《つぶや》いてから、ティアナはおもむろに立ち上がってアルマの前に立つ。

「初めまして、アルマ・カノス特級魔法士。私はティアナ・フォン・ヴェガルタです」

「あー……はい。なんとなく閣下たちの反応からしてそうだろうなーとは思っていたんですけど、まさかヴェガルタの歴史に名を残す偉人《いじん》とお会いできるとは思いませんでした」

ティアナの視線を受け、珍しくアルマが緊張《きんちょう》した面持《おもも》ちを浮《う》かべる。

そんなアルマの反応を他所に、ティアナは様子を窺《うかが》うように視線を上下させている。

「ちゃんと元気に過ごしていますか」

「ええと……はい、元気に魔獣とか狩《か》っていますかね？」

「なるほど。特級魔法士になったということは、すごく頑張ったのでしょうね」

「まぁ、自分としては頑張ったと思っています」

「立派ですね。今後も体調に気をつけて健《すこ》やかに過ごしてください」

「は、はい……気を付けます？」

困惑《こんわく》しているアルマに対して、ティアナは口元に微笑《びしょう》を浮かべながら肩《かた》をぽんと叩いていた。何かアルマに思うところがあるのだろうか。

そんな二人のやり取りを眺めていると、ティアナが表情を改めてレイドたちに向き直る。

「それで私を呼び出した用件はなんですか」

「ああ……俺たちの死後、アルテインがどんな風に滅《ほろ》んだのか聞きたくてな」

前回は師弟《してい》の再会を考えて遠慮《えんりょ》したが、その情報は重要な手掛《てが》かりとなる。

意図的に消されたアルテインの存在。

それがどのようにもたらされたのか、その経緯《けいい》を知らなくてはならない。

「分かりました。時間が限られているので概要《がいよう》となりますが……英雄《えいゆう》と賢者《けんじゃ》の死後、どのようにしてアルテインが滅亡《めつぼう》したのか話しましょう」

そこで言葉を切ってから、ティアナは静かに語り出した。

「アルテイン軍の動向についてはライアット様からの伝聞ですが……英雄の副官であり、旗手であったライアット様が英雄の訃報《ふほう》と遺品である装備を帝都に持ち帰ったそうです」

ですが、とティアナは表情を歪める。

「……その報告を行った際、アルテイン皇帝《こうてい》は自国の英雄を愚弄《ぐろう》する耐え難《がた》い言葉を吐《は》いたとして、ライアット様は英雄の薫陶《くんとう》を受けた同志たちを率いて反旗を翻《ひるがえ》し、ヴェガルタ軍を引き入れたことで各地を制圧、そして帝都は数年も経《た》たずして陥落《かんらく》しました」

「なるほどな。あのクソジジイに相応《ふさわ》しい呆気《あっけ》ない終焉《しゅうえん》だ」

かつて仕えていた皇帝の姿を思い返しながら、レイドは肩を竦《すく》めて溜息《ためいき》をつく。

アルテインは大陸の半分以上を統治する大帝国《だいていこく》ではあったが……君主である皇帝を始め、帝都に住まう上流階級の人間たちは完全に腐敗《ふはい》していた。

皇帝とは名ばかりで、国の未来ではなく自分の地位と不自由のない生活を保つことしか考えておらず、そのおこぼれを得るために上層部に籍《せき》を置く貴族たちは皇帝の言葉に同調して称賛《しょうさん》する者たちの集まりだった。

そんな現状の国に対して、レイドは幾度《いくど》となく内政についての意見書や改善案を提示していたが……『英雄』であるレイドの手前では良い顔をするものの、それらの意見は一度として実現することはなかった。

「それで、皇帝のクソジジイの最期《さいご》はどうなった」

「帝都《ていと》陥落《かんらく》後の調査によると遺体は発見されず、残されていた皇族も行方《ゆくえ》は知らないとのことでした。おそらく東部海域からレグネアに逃亡《とうぼう》したと見られていますが……」

「当時のことを考えたら、まぁ途中《とちゅう》で海に呑《の》まれて沈《しず》んだだろうな」

当時にも東部海域を航行する手段は存在していたが、レグネアに辿《たど》り着くまでには複雑な海流や水棲魔獣《すいせいまじゅう》が生息していたため、辿り着けた可能性は皆無《かいむ》と言っていいだろう。

「皇族及び貴族階級の者たちは身分と資産の剥奪《はくだつ》、そして帝国《ていこく》アルテインを解体した後、東部の各地域には降伏《こうふく》を条件として物資や食糧《しょくりょう》の支《し》援《えん》を行い、今現在はヴェガルタの主導で東部地域の土地魔力の安定化や活性化を進めている最中といった状況《じょうきょう》です」

「そりゃすげぇな。ティアナ嬢ちゃんの話だとそっちは俺たちが死んでから十年くらいとか言っていたが、よく短期間でそんなところまで進めたもんだ」

「当然です。私は偉大な賢者の弟子なのですから」

「わたしの弟子がすごい」

ティアナが誇《ほこ》らしげに胸を反らすと、エルリアも嬉しそうに手をてちてちと叩いていた。

そこは確実にティアナ自身の能力だと思うが、二人が納得しているならいいだろう。

「帝都の陥落、東部地域の降伏勧告《こうふくかんこく》等は主導していたライアット様と元アルテイン軍の方々の助力が大きいので、私が行ったことはヴェガルタとの仲介役《ちゅうかいやく》と魔法関連の知識提供と微《び》々《び》たるものでしかありません。そして……何よりも偉大だったのは『英雄』でした」

そう、ティアナは口元に微笑を浮かべながらレイドを見る。

「まさか、こんな形であなたの功績を知ることになるとは思いませんでした。そして五十年もの間、生涯《しょうがい》の多くを戦場に出向いていた理由についても理解できました」

「……それもライアットから聞いたのか？」

「ええ。戦地に向かって進軍する際に貧困《ひんこん》地域に赴《おもむ》いて、現状で可能な改善案などを現地の人間に実施《じっし》させて自活能力を向上させる。魔法技術を見ることでアルテインには断片的にしか伝わっていなかった魔術の研究を独自に進め、不作等の原因が土地魔力に起因していることを突き止《と》めるだけでなく、鹵獲《ろかく》した魔具によって東部地域における土地魔力の噴《ふん》出口《しゅつこう》を目録としてまとめたりと……それは色々とやっていたようですから」

じとりと視線を向けてくるティアナに対してレイドは苦笑《くしょう》を返す。

上の人間はレイドの意見に対して聞く耳を持たず、『英雄』として強大な力を持つレイドを帝都から遠ざけるように将軍としての位まで与《あた》えて戦線に送っていた。

それを利用してレイドは戦線付近の土地に赴き、自身が考案していた改善案などを現地の人間に実行させて貧困環境《ひんこんかんきょう》の改善に努めさせていた。

そしてヴェガルタの領地に入り、自国との環境の違《ちが》いについても独自に調べていた。

その結果……アルテイン領の環境不全が魔力に起因している可能性があるとして、鹵獲した魔装具や書物を使って調査記録をまとめていた。

「正直……これを見た時に私は驚きました。調査記録の多くは我々ヴェガルタの人間から見ても正確なものであり、あなたの残した記録が無ければ東部地域の改善には数百年以上を要する大規模計画となっていたくらいです」

「やっていたことは個人の範囲《はんい》だし、そこまで大げさなもんじゃねぇだろ」

「馬鹿なことを言わないでください。数多《あまた》の改善案だけでなく、手探《てさぐ》りの状況から数十年で魔術や魔法について理解するなんて……それこそ『英雄』と呼ばれるような馬鹿げた能力を持っていなければ、アルテインの賢者と呼ばれていても不思議ではないくらいです」

そう答えてから、ティアナはエルリアにも視線を向けた。

「そして……エルリア様も、その目的についてご存じだったのですね？」

「目的そのものは知らなかったけど、レイドがいる時の侵攻《しんこう》地点には法則性みたいなものがあったし、何か調べているような動きを取っていることには気づいていた。だからレイドが調べそうなところに魔具を放置していったこともある」

「あー、やっぱりそうだったのか。基本的には鹵獲した時点で壊《こわ》れていたけど、大半が修復すれば使えるもんだったからおかしいとは思ってたんだよ」

「うん。十年経っても軍事転用とか魔法対策が行われなかったから、たぶんレイドが独自に動いていることだろうと思って見過ごしておいた」

「それで気づかれているのに阻止《そし》されないから、こっちも侵攻先《しんこうさき》を予測できるようにして、調査が終わった頃《ころ》にヴェガルタ軍が来るように仕向けてドンパチしていたわけだ」

「そう。動向がわかりやすかったから、調査した痕跡《こんせき》とか戦闘で消したいのかなって」

「戦場を使って特殊《とくしゅ》な文通みたいなことをしないでください……」

千年越《ご》しに互《たが》いの意図について答え合わせをしていると、ティアナが呆《あき》れたような表情を浮かべていた。

「以上が二人の死後に起こった出来事です。他に何か訊きたいことはありますか」

「そうだな……ライアットに伝言を頼んでもいいか？」

「ええ、構いませんよ。先日あなたが千年後の世界で無事に生きていると教えてあげたら、子供たちと一緒《いっしょ》になって泣いていたので喜ぶと思います」

「…………子供たち？」

そうレイドが尋《たず》ね返した時、ティアナがハッと口元を手で隠した。

その反応でレイドも理解した。

ティアナが受け継いだ『カルドウェン』という姓《せい》が現代まで残っているということは、当然ながら子を生《な》して後世に連綿と受け継《つ》いできたということだ。

それはライアットの姓である『カノス』の一族も同様と言える。

そして二人の関係性や距離感《きょりかん》、先ほどのアルマに対する言葉などを考えると――

「――そりゃあ、何ともめでたい話だな」

そう呟いてから、レイドは口元に笑《え》みを浮かべる。

一方は身分を捨てたとはいえ元王族という立場、そして一方は終戦したとはいえ敵国に属していた身だったからこそ、二人はそのような形を選んだのだろう。

しかし……かつて敵対していた者同士が互いに手を取り合える世界になっただけでも、レイドにとっては喜ばしいことだと思える。

それこそ――千年前にレイドが思《おも》い描《えが》いていた世界なのだから。

「それじゃライアットの奴に『おめでとう』とでも言っておいてやるか。あいつは真面目が服を着て歩いているような奴だし、何も言わなくても大切にするだろうしな」

「…………はい」

少しだけ頬を染めながら顔を逸《そ》らすティアナに対して、レイドは笑いながら頷く。

「それともう一つ、『剣《けん》』を見つけたら元の場所に戻しておくように伝えてくれ」

「…………剣ですか？」

「ああ。重要なことだから、あいつに一字一句違《たが》わず伝えて欲《ほ》しい」

千年前にレイドが愛用していた大剣《たいけん》。

以前は深く考えることなく使っていたが、今は自身の力について多少知っている。

「そういえば……レイド、あの剣ってどうやって手に入れたの？」

「寄贈《きぞう》された武器の中に混じってたんだよ。当時から剣とか武器を壊しまくっていたから、片《かた》っ端《ぱし》から工房《こうぼう》に声を掛《か》けてナマクラでも何でも寄こすように言ってたんでな」

力を抑えても簡単に壊れてしまうため、それこそ剣だけでなく鉄塊《てっかい》でもいいから寄こせと言い回っていた時期があった。

その中に混じっていたのが──後に『英雄』の象徴《しょうちょう》にもなった大剣だった。

「あの剣は俺の力でも壊れなかった剣だ。その理由が『俺の魔力に合わせて作られた』ものだとしたら今回の一件にも絡《から》んでくる。だから確実に残しておくように伝えてくれ」

「……分かりました、その話も含めてライアット様に伝えておきます」

そうティアナが頷き返したところで、ちらりと壁掛《かべか》け時計に目をやった。

「それでは、そろそろ時間なので失礼します」

「うん。またね、ティアナ」

「戻る前にエルリア様の頭をなでなでしていいでしょうか」

「……………………うん」

「そこまで嫌《いや》な顔をしなくてもいいじゃないですか……」

悲しげに肩を落としながらも、ティアナはしっかりとエルリアの頭を撫で回していた。

嫌な顔をされても頭は撫でたいらしい。

「それではアルマさんもどうぞ」

「へ？　あたしも？」

「先人からの洗礼みたいなものですよ。最後まで『英雄』を信じ続けたカノスの末裔として、いついかなる時も彼《かれ》の力となってあげてください」

「……はい。祖先であるライアット・カノスに代わり、その命を果たしてみせます」

畏《かしこ》まった口調でアルマが頭を垂れると、ティアナは優《やさ》しくその頭を撫でる。

その頭に触《ふ》れていた時間は、少しだけ長く感じられるものだった。

「それとレイド・フリーデン、エルリア様のことを任せましたよ」

「おう。ちゃんと毎日世話してやってるから安心しろ」

「私の師を犬猫《いぬねこ》みたいに扱《あつか》わないでください……それに、私が言っているのは身の回りの世話という意味ではありませんよ」

そう、ティアナは笑みを浮かべながら告げる。

「あなたが駆《か》けつけてくれた時……私は本当に嬉《うれ》しかったんです。自身の命を賭《と》してまで、その想《おも》いを貫《つらぬ》いてくれたのですから」

恭《うやうや》しく、レイドに向かって静かに頭を垂れる。

「だから――その想いが遠い未来で果たされることを、私たちは過去より祈《いの》っています」

その言葉が意味するところは一つしかない。

そして、それはティアナだけのものではない。

きっと、過去にいる英雄を慕《した》っていた男の言葉でもあるのだろう。

だからこそ――

「――おう、任せとけ」

そう、レイドは笑みと共に応えた。

◇

ティアナが去った後、クリス王女は早々に王城へと帰還《きかん》していった。

正確には「まだエルリア成分を完全に補給しておりませんわぁぁぁ…………」と、後ろ《うし》髪《がみ》を引かれながらセルバスに連行されていった。

リベルタ砂漠への立ち入り許可を得るために複数の地域と話をつけたと言っていたので、通常の公務だけでなく各地域との会合や諸連絡《れんらく》などが山のようにあるのだろう。

そんなクリス王女に心の中で感謝しつつ——

「エルリア、今から荷物の確認をする」

「ん」

「着替《きが》えは入れたか」

「一週間分は用意した」

「そこに下着は含《ふく》まれているか」

「ん、バッチリ入ってる」

「お気に入りの枕《まくら》は詰めたか」

「ふかふかのやわらか枕を詰めた」

「朝に飲んでいる紅茶の茶葉と、朝の風呂《ふろ》に使っている入浴剤《にゅうよくざい》は入れたか」

「遠征《えんせい》で確実に足りる量を確保して入れておいた」

「よし、それじゃ俺の方でもう一度確認《かくにん》していく」

用意された旅行鞄《かばん》を開き、レイドによる二重チェックが行われていく。

そんな二人の様子を……アルマがソファにもたれながら呆れた様子で眺めていた。

「……いや、そんな厳重にチェックする必要ある？」

「エルリアのぽけぽけを甘《あま》く見るな。環境が変わったせいで普段《ふだん》よりも数時間遅《おく》れて起きることだってあるかもしれないし、現地で新しい服や下着を調達しても肌《はだ》に合わなかったりしてぽけぽけが加速する可能性もある」

「まだわたしのぽけぽけは本気を出していない」

「それで躊躇《ちゅうちょ》なく女の着替えと下着をチェックできる閣下と、何もかも完全に許容しているエルリアちゃんがすごいと思うわ」

「九十年近く生きてきたジジイが今さら女の下着で動揺《どうよう》するかよ」

「千年前もティアナに色々用意してもらってたし、カルドウェンの屋敷《やしき》でも他の人たちにやってもらってたからあんまり気にならない」

「振《ふ》っておいてなんだけど、あたしも気にするような性格じゃなかったわ」

二人の回答を聞いて、アルマも納得《なっとく》したように頷いていた。なんだかんだアルマも戦闘思考寄りなので、感覚としてはこちら側の人間なのだろう。

そもそも、アルマが二人の荷造りに同席しているのはそんな話をするためではない。

「それで……あたしも呼んだってことは、過去絡《がら》みの話をするのよね？」

「そうだな。お前はティアナの話を聞いてどう思った？」

「そうね……少なくとも、隠蔽《いんぺい》が行われたのは東部地域の再建が終わった後でしょうね」

そう答えてから、アルマはその根拠《こんきょ》について語る。

「千年後に東部地域が再建されている以上、それは間違《まちが》いなく果たされたってことになる。もしもアルテイン滅亡直後に記憶操作を行えば、再建にも支障が出ているでしょうしね」

「具体的にどの程度の期間で終わったのか、ライアットの手記には残ってるか？」

「正確には書かれていないけど……『閣下の残してくださった資料がなければ、東部地域を百年で再生するという具体的な期間さえ出せなかった』っていう記述はあったわ。ティアナ様が同じ内容について語ったことも踏《ふ》まえると、その期間も合っているでしょうね」

「それなら、エルフが関わっているのは間違いないと見ていい」

レイドが断言すると、アルマが怪訝《けげん》そうに眉《まゆ》を上げる。

「確かにルフス・ライラスの一件で、容疑者として銀髪のエルフが出てきたけど……歴史の改変《かいへん》にもエルフが関わっているとは限らないんじゃない？」

「いいや、一部の例外を除けばエルフは現存する生物の中では魔獣に次いで長命だ。それだったら百年の歳月だろうと間違いなく生き残っているし、誰《だれ》にも気づかれることなく歴史を丸ごと改変したっていうなら、子々孫々に受け継いで徐々に行ったとは考えにくい」

歴史に齟齬《そご》があるのならば、その違和感《いわかん》に誰かが気づいてもおかしくはない。

そして過去を一つずつ消していたのなら、その齟齬は生じやすくなることだろう。

しかし、誰一人《だれひとり》として歴史の違和感に気づくことはなかった。

千年間、誰一人として別の歴史が存在していることに違和感を持っていなかった。

「確かに……正直、あたしも閣下たちが現れるまではご先祖様の手記を小説とか創作物の一つとして疑っていたもの。どこの歴史を探《さぐ》ってもヴェガルタに並ぶ大きな国があったっていう記述や痕跡はないし、それに類する創作話があったのも――」

そこまで口にしたところで、アルマは何かに気づいたように顔を上げた。

「――エルフたちの間で伝わっている、『英雄』と『賢者』の恋物語《こいものがたり》しかない」

たとえ歴史の中に何か違和感などを覚えたとしても、それに近しい伝承や創作物が存在していれば、そこから発祥《はっしょう》した伝承の一つとして片づけられる。

そして……それが真実なのか創作なのか確かめる術はない。

「あたしも読んだけど……『英雄』に関する記述は人間であり、敵対していた勢力の人間ってくらいで詳細《しょうさい》はない。だからこそヴェガルタにおける賢者信仰《けんじゃしんこう》の中で、エルフたちの視点から見た賢者の人間性に焦点《しょうてん》を当てた創作物として考えていたけど……」

「たぶん違和感を持った奴《やつ》への囮《おとり》というか、陽動みたいな役割もあったんだろうな」

だからこそ、その受け皿として『英雄』の痕跡を僅《わず》かに残した。

そして、それらが『口伝』によって伝わっていた理由も推測できた。

「エルフが『口伝』で伝承を伝えられたってことは、そこにあった記録や記憶に関する操作は行われていないはずだ。それはエルフが重要なことを口伝で残すっていう風習があっただけでなく……その方が、歴史を改変した奴にとっても都合が良かったんだろうよ」

少なくとも、レイドたちのように『転生』した者は今まで確認できていない。

それはおそらく、『転生』という手段が容易に行えるものではないからだ。

そして、『時間跳躍《ちょうやく》』についても同様だと言える。

ティアナが確認している『時間』という世界において、自由に往来ができる『穴』は千年前と現代にしか見られないと言っていた。

自在に時間を移動できるのであれば、『穴』が他に存在していても不思議ではない。

一度は何らかの方法で過去に渡《わた》ってきたが、その後に『時間移動』という手段を取ることができなかったと考えられる。

「そもそも『英雄』と『賢者』って存在が同じ時代にいた時点で奇跡《きせき》みたいな話だ。だからそれさえも作為的《さくいてき》なものだったと考えていい」

同じ時代に実力の拮抗《きっこう》する者同士が存在し、その決着によってアルテインとヴェガルタという二国の未来が決まるという状況だった。

しかしエルリアの場合は『魔法《まほう》の開発』という明確な根拠があったものの、レイドについては『正体不明の力』という不明瞭《ふめいりょう》な根拠しかない。

千年前にエルリアが魔法という技術を開発し、それに対して突然《とつぜん》変異とも言えるレイドが生まれるなど偶然《ぐうぜん》とは考えられない。

それはつまり――

「――千年前の時点で、既《すで》に歴史は変えられている」

そう結論付けてから、レイドは先ほどの内容について言及《げんきゅう》する。

「そいつの目的は歴史を変えることで、同時に変わったことを観測し続けないといけない。だから俺たちのような『転生』や、ティアナの『時間跳躍』のように点と点を移動するのではなく、不老不死や記憶の継承《けいしょう》ってのが候補として出てくる」

「つまり……その黒幕は千年前からずっと生きているってこと？」

「あくまで俺の考えだけどな。その方が変化の観測だけじゃなく、不測の事態が起きた時に修正もできるって理由もある」

歴史を変えれば、その先に続く未来も大きく変わることになる。

それによって起こる不測の事態に対処するならば、常に世界を観測することができる状況を選ぶのが適切と言えるだろう。

「ちなみにエルリア、不老不死やら記憶の継承ってのは魔法で実現できるのか？」

「ん……詳細や定義次第《しだい》だけど、転生と同じで理論上はできると思う。記憶や記録の改竄ができているなら、二重人格みたいな形で記憶の継承くらいできるかもしれない」

「まぁ未来から来ているって考えたら魔法技術も上と見ていいいし、他のことを踏まえても理論上できるものなら可能って考えで大丈夫《だいじょうぶ》だろ」

「閣下たちの実例があるから信じられるけど、未来から来た存在が相手と仮定するなんて本当だったら荒唐無稽《こうとうむけい》もいいところよねぇ……」

「別に難しく考えることじゃねぇだろ。俺にとってはエルリアの魔法だって未来の技術みたいなもんだったし、エルリアからすれば俺は魔法ですら解明できない能力の持ち主って理解した上で戦ってたわけだしな」

「ある意味でわたしたちは慣れてる」

レイドの言葉に対して、エルリアがふんふんと頷いて同意する。

「だけど、レイドはどうするの？」

「どうするってのは？」

「その歴史を変えた人を見つけた時……レイドはどうするのかなって」

そう、エルリアは真っ直《ます》ぐ見つめながら問い掛けてくる。

「武装竜《ぶそうりゅう》だったり、ルフスのことだったり……その人は歴史を変える以外のこともしているかもしれない。それで実際に傷ついた人たちもいた」

武装竜が現れたことによって、ヴァルクとルーカスの二人は重傷を負い、他にも避難《ひなん》などの過程で軽傷を負った者たちもいる。

ルフスに至ってはエルリアが対処していなければ、その寿命《じゅみょう》が全て魔力に変換《へんかん》されて命を落としていた可能性だってあった。

だからこそ──その犯人を殺すべきかとエルリアは問い掛けている。

「まぁ命のやり取りってのは俺たちの時代だったら当然だったたし、そいつがどうしようもない悪人だったら躊躇もしないんだけどな」

「…………悪い人じゃないかもってこと？」

「そうだな。そいつが既に過去を変えているとして、今の世界はどう変わっている？」

「すごく平和になってる」

「つまり、そいつがやったことを『悪』だと断言できない。さっきの二つに関しても俺たちが理解できていないだけで、何かしら『未来』に関連している可能性もあるしな」

「……納得はできるけど、ルフスのことは少しだけもんにょりする」

エルリアが不満そうに頰《ほお》をぷくりと膨らませる。確かに理由があったとはいえ、ルフスの魔法士としての将来や命の危険があったのだから当然と言えるだろう。

それに――『護竜《ごりゅう》』たちの「英雄にエルリアを殺せと命じられた」という言葉もある。

その言葉と歴史改変という黒幕の目的には、何か違和感のようなものがある。

「まぁ武装竜なんて分かりやすい存在を出してきたのはメッセージ性を感じるし、ルフスについても別の形で寿命を戻《もど》す算段だった可能性もある。それらは二つとも俺たちがいる前で起こっているから対処できるって考えだったのかもな」

「知らない人に過度な期待をされても困る」

そう不満そうに口を尖《とが》らせていたが、エルリアは納得するようにこくんと頷いた。

「だけど……レイドがそう言うなら、わたしはその言葉を信じる」

「おう、ありがとよ」

苦笑しながらエルリアの頭を撫でたところで、レイドはアルマに向き直る。

「とりあえず現状は黒幕の確保ってところだな。それで真相を聞き出したところで、理解できる内容なら協力するのも構わない。逆なら容赦《ようしゃ》なく殺すってことでいいだろ」

「後半の一言をサラっと言うあたり本気っぽいわねぇ……」

「少なくとも世界全体を巻き込《こ》んでいるんだから、悪事を働くつもりだっていうなら向こうも殺される覚悟《かくご》くらいしてんだろ」

レイドは戦いを楽しむ性分《しょうぶん》ではあるが、人殺しを楽しむような性分ではない。

その目的が多くの人間に対して危害をもたらすのであり、向こうが譲《ゆず》れない信念によって行動しているのであれば――それを止める時には殺害という手段を取るというだけだ。

「これで話は終わりってところだな。パルマーレに向かうのはいつ頃《ごろ》だ？」

「あたしたちは調査が主目的だし、他の生徒たちよりも早めに向かうことになるかしらね。まぁ調査開始は同行するレグネア組の二人の到着次第《とうちゃくしだい》ってところだけど」

「そういや、同じ特級魔法士ってことは知り合いなんだよな？」

「まぁ知り合いと言えばそうかしらね。だけど向こうはほとんどレグネア国内専門の特級魔法士って感じだし、式典とか以外でこっちの大陸まで来ることはないのよ」

そこまで言ったところで、アルマは怪訝そうに眉を上げる。

「そんな奴らがヴェガルタに渡るほどの用件があるってのに、あたしたちの遺跡《いせき》調査に参加するってことが気掛《きが》かりなのよね」

「……つまり、その用件と遺跡調査が何か関連しているかもしれないってことか？」

「あり得なくはないって程度かしらね。そこらへんは直接訊くしかないけど」

そんな会話を交《か》わしていた時……不意に部屋のドアが軽くノックされた。

そして送音魔具《そうおんまぐ》から声が聞こえてくる。

『レイドさんとエルリア様、いらっしゃいますかー？』

「ミリスか、わざわざ部屋に来るなんて珍《めずら》しいな」

『私たちの方でちょっとした話が出たんですけど、お二人とも先に部屋へ戻ったと聞いたので、私が代表してお伝えに来たんですよー』

「分かった。こっちも話が終わったところだから入ってくれ」

レイドが部屋のドアを開けると、ミリスがひょこひょこと室内に入ってくる。

「お邪魔《じゃま》しまーす……って、アルマ先生もいるってことは重要な話でした？」

「まぁそこそこ重要って感じかしらね？」

「おっと、私の一般人《いっぱんじん》センサーが危険な気配を感じ取りました……ッ!!」

「別に大したもんじゃないわよ。あたしたちでリベルタ砂漠《さばく》の遺跡を調査するから、早めに現地へ向かっておこうってくらいだし」

「おおーっ！　そういうことならナイスタイミングでしたっ!!」

その話を聞いて、ミリスがぽんと胸の前で手を合わせる。

「ちょうど私たちの方も早めに現地入りしておこうって話だったんですよっ！」

「私たちってことは、ファレグの坊主《ぼうず》たちも一緒ってことか？」

「ですです。パルマーレの近くにヴェルミナン家の別荘《べっそう》と訓練施設《しせつ》があるそうなので、休学していた二人を含めた五人チームの動きを試《ため》そうって話になったんですよ」

「おー、いいじゃないか。ある程度の役割は決めてあるとはいえ、チームとしての動きってのは実際にやってみないと分からないことが多いからな」

既にヴァルクとルーカスの役割については決めてあるが、それらはファレグから聞いた情報を基にして組んでいるものでしかない。

実際にチームで行動した時には具合が異なるかもしれないし、魔法が自由に使える環境《かんきょう》が用意できるなら色々と試して調整しておくべきだろう。

「それでレイドさんとエルリア様は別試験ですけど、助言役や仮想敵をやってもらうために二人を招待したいというのがファレグさんからの提案です」

「あいつが素直《すなお》に招待したいとか言うなんて珍しいな」

「実際のところはヴァルクさんとルーカスさんに『散々迷惑《めいわく》を掛けたんだし、お世話になっているんだから招待するのが礼儀《れいぎ》』と耳を引っ張られた末の発言なんですけどね」

「そっちの方がファレグの坊主らしいな」

「まぁファレグさんも、二人は多忙《たぼう》だからと気を遣《つか》ったみたいなんですけどね」

そうミリスが苦笑しながら語る。そういった気遣《きづか》いを一部の人間だけでなく、その他大勢に対してもできるようになれば周囲とも打ち解けやすくなるだろうに。

「そういうことだから、合流するまでは俺《おれ》たちも別荘に滞在《たいざい》する形で構わないか？」

「あたしは別にいいわよ。現地で宿を探す手間とか色々と省けるし、ヴェルミナン家の別荘だったら目印にもなるから合流しやすいでしょうしね」

「わたしも賛成。待っているだけだと時間がもったいない」

そうアルマとエルリアも同意したところで、ミリスが満足そうに頷《うなず》く。

「決まりですねっ！　それじゃ荷物を追加しておいてくださいっ！」

「……荷物を追加って、何か必要なものでもあるのか？」

「何を言ってるんですかレイドさんっ！　私たちが向かうのは水都パルマーレ、その付近には多くの水辺があり、当然ヴェルミナン家の別荘にもあるはずですっ!!」

そう、ミリスはにまりと笑みを浮かべながら——

「——水着と浮《う》き輪《わ》を持参して、みんなで遊びましょうッ!!」

遊ぶ気満々といった様子で、意気揚々《いきようよう》と親指を立てた。

二章

以前、大陸の東端《とうたん》にあるパルマーレ地方は寂《さび》れた漁港だった。

帝都《ていと》が近くにあったことから、港には軍船や輸送船が並び、各地から輸送される物資の回収と輸送を主に行う町だった。

そのせいか、アルテインの人間たちからは『奴隷船《どれいせん》』とも揶揄《やゆ》されていた。

帝都の豊かな生活を維持《いじ》するために、同乗していた帝都の役人たちの言葉に従って集積された税と物資を船員たちは死人のような表情で回収していた。

そして物資だけでなく兵士志願の子供たちを乗せていたのも『奴隷船』と呼ばれていた由縁《ゆえん》であり、半ば身売りのように運ばれてきた子供たちは一様に暗い表情を浮《う》かべていた。

そんな『奴隷船』の船員たちに対して、危険な東部海域で漁を行っていた漁師たちは軽蔑《けいべつ》の眼差《まなざ》しを向け、漁師と船員たちによる諍《いさか》いも絶えなかった。

そんな千年前の過去を知っているからこそ、現状のパルマーレには興味があった。

かつての部下たちが、どのような形で東部地域を再建していったのか。

その成果を確かめてやることが、今は二度と会えない部下たちへの餞《はなむけ》だと考えていた。
だが――

「「「――水の都、パルマーレにようこそっ‼」」」


港に降り立った直後、女性たちの出迎《でむか》えと共に周囲から小さな花火が上がった。

ドンドンパフパフとお祭り騒《さわ》ぎだった。

なんか『パルマーくん』という名札を付けたマスコットも踊《おど》っていた。

「本日はパルマーレにお越しいただき、まことにありがとうございますっ！」

「あー……こりゃどうも」

ニコニコと笑顔《えがお》を振りまいている女性からパンフレットを手渡《てわた》され、レイドは若干困惑《じゃっかんこんわく》しながら愛想笑《あいそわら》いを返す。

「パルマーレは『水』と深い関わりを持つ地域となっていますっ！　最先端《さいせんたん》の魔具によって行われる水流操作、それらを利用して描かれる水の芸術っ！　そして周辺に広がる幻想《げんそう》的《てき》な『水』の風景をお楽しみくださーいっ！」

そんな説明と共に、ぶんぶんと手を振られながら見送られてしまった。

そして都市部に立ち入ったところで、レイドは困惑《こんわく》しながら頭を掻《か》く。

「ずいぶんと様変わりしたもんだなぁ……」

「ん……昔とはどれくらい違うの？」

「昔は疲《つか》れ切った表情の船乗りが地べたに座《すわ》り込んでいて、酒に酔《よ》った漁師と喧嘩《けんか》で負けて顔面ボコボコにされた奴が転がっていて、他だと過労で泡《あわ》吹いて倒《たお》れた奴を誰も助けずに放置していた感じだったな」

「……それなら変わって良かったと思う」

当時のアルテイン情勢を知っていることもあってか、エルリアが真剣《しんけん》な表情でふんふんと頷いていた。

確かに予想とは大きく違っていたが、決して悪いものではない。

千年前のアルテインでは娯楽《ごらく》や観光以前に、誰もが生き残ることで必死だった。

だからこそライアットたちが東部地域を再建する際にも、以前には果たせなかった願いを込めて行ったのかもしれない。

「それと少しだけヴェガルタの王都に雰囲気《ふんいき》が近いかもな」

「うん。だけど水の使い方がヴェガルタとは違っていて面白《おもしろ》い」

そう言って、エルリアが興味深そうに周囲を見回す。

先ほど出迎えてくれた女性も言っていたが、都市部にいくつも張り巡《めぐ》らされている水路は利便性よりも景観を重視しているものであり、その水路も地面だけでなく建造物の壁面《へきめん》といった場所に至るまで流れている。

それらが光源魔具に照らされて様々な色合いに変わり、水流操作だけでなく重力操作も行っているのか、水が空中に向かって蛇《へび》のようにうねりながら昇《のぼ》っていたり、複雑な模様を描くオブジェとなっていたりと、眺《なが》めているだけでも飽《あ》きないくらいだ。

しかし、その中で誰よりも興奮しているのは――

「おおッ……あれがムーヴァ魔具工房製の最新式水流操作ッ！　そして水流の固定と安定化を行って空中に留《とど》めているのはインペリウム工房とファブリカ商会が合同開発したと発表した魔具に改良を加えた後継機《こうけいき》かッ!!」

ウィゼルが興奮と共に拳《こぶし》を握《にぎ》り締《し》める。

「しかも従来の魔具ではなく、魔装具の機構を一部に取り入れることによって複雑な模様や形状を可能としているとは実に興味深い……ッ!!」

「おー、ウィゼルがそこまで興奮するってのも珍しいな」

「東部地域は魔鉱石といった素材が多く産出されるという理由もあってか、魔具や魔装具の開発や製造が盛《さか》んな場所だ。だからこそオレたちにはない自由な発想があるッ!!」

眼鏡の奥《おく》に見える瞳《ひとみ》をギラギラと光らせながら、ウィゼルはそれらに使われている技術の一端《いったん》を見逃《みのが》さないように眺め回していた。

おそらく、それもアルテインの影響《えいきょう》が僅かに残っているのだろう。

土地の魔力《まりょく》が乏《とぼ》しかったという理由で、アルテインは魔具ではなく『機械』という技術が発展していたが、それらは石炭や石油から精製した資源を必要とするものだった。

しかし土地が生成して放出する魔力とは半永久的に生成されるものであり、そして人間自身も生きているだけで魔力を生成することができる。

機械技術では資源を必要とすることから一般《いっぱん》に普及《ふきゅう》させることが難しく、消費する資源も有限であったからこそ、再建に合わせて魔具技術に移行していったのだろうが、その技術の一端は東部地域に残ったのだろう。

そんな中、アルマが腕《うで》を組みながら全員に問い掛ける。

「それで、ヴェルミナンから迎《むか》えが来る二時間後まで自由行動って話だったけど」

「オレは東部の魔具店や工房を見て回る」

「私は水着を買いに行きたいです」

「あんたたちって本当にブレないわねぇ……」

「それがこいつらの良い所だ」

「うん。どんな時でも一貫《いっかん》した姿勢は大事」

「そんじゃ閣下とエルリアちゃんはどうなのよ？」

「「ご当地料理を食べる」」

「あんたたち本当に仲良いわね」

改めて全員の意見を聞いたところで、アルマは軽く頷いた。

「まぁウィゼルは他の三人と比べたら一人にしても大丈夫でしょうし、あたしは他の三人に付いて行って二時間後に集合するって形でいいかしらね」

「承知した、何かあれば魔具に伝言を頼《たの》む。それでは先に失礼ッ!!」

そう軽く手を上げてから、ウィゼルは身を翻《ひるがえ》して足早に駆けて行った。それほど魔装技師にとって見て回りたい場所が多いのだろう。

「はい、それじゃこの期に及《およ》んで遊ぶ気満々のアホ娘《むすめ》」

「私はついにアホと呼ばれるまでに落ちたんですか……ッ!?」

「そりゃ試験に向けた合宿ってことで学園にも休暇《きゅうか》を出しているわけだし、一人だけ水着とか買って遊び倒そうとしてるんだから当然でしょうよ」

「む、それについては反論がありますよ。そもそも買うのは私の水着じゃないです」

そう言って、ミリスは隣《となり》にいたエルリアの両肩《りょうかた》にぽんと手を乗せる。

「買うのはエルリア様の水着です」

「わたしの水着を買うらしい」

「だってエルリア様に訊《き》いたら水着を持っていないって言うんですもんっ！　頑張《がんば》ったら時間を作れるかもしれないですし、少しだけでも一緒《いっしょ》に遊びたいですっ！」

「そりゃ早めに訓練が終わったら時間くらい作れるでしょうけど……水遊びなんて、それこそ田舎《いなか》に住んでいたなら珍しいものでもないでしょうよ」

「違《ちが》いますアルマ先生。私たち田舎の民が行う水遊びとは、作業衣のまま飛び込んで泥《どろ》を落としたり、肌着《はだぎ》で飛び込んで農作業でかいた汗《あせ》を流すって作業なんですよ。私が求めているのは水に入るという用途《ようと》しかないオシャレな水着を着て、汗や泥を落とすという目的ではなく遊ぶためだけに水の中へと入って、同年代の女の子と一緒にキャッキャウフフと川辺とか浜辺《はまべ》ではしゃぎ回りたいんですよ……ッ!!」

「とりあえずあんたの無駄《むだ》な熱意だけは伝わったわ」

「ええッ！　この機会を逃《のが》してしまったら私の中にある水遊びメモリーは『おばあちゃんたちと一緒に泥を落として服を乾《かわ》かしながら冷やした野菜をポリポリかじる』というものから一生更新《こうしん》されないんです……ッ!!」

そうミリスが拳を握りながら力説する。

「ということで、水着姿のエルリア様を私の新たなメモリーに刻《きざ》み込みます。そして絵面を華《はな》やかにしたいのでアルマ先生にも水着を強要します」

「まぁ、あたしは合流までのんびり過ごすつもりだったから水着も持って来たけど」

「私、アルマ先生の適度に適当なところ大好きです」

「そりゃ砂漠調査なんて砂まみれになるのが確定しているわけだし、せめて出立前くらいは水辺で快適に過ごしたいに決まってるでしょうよ」

アルマがにやりと笑うと、ミリスが満面の笑《え》みでグッと親指を立てた。確かにアルマも担当教員ではあるが、そこまで真面目な性格というわけではなかった。

「それで、レイドさんには少しだけ待ってもらいますけど大丈夫ですか？」

「俺は構わないぞ。適当に歩いて町並みを眺めてるだけでも楽しめそうだしな」

「それじゃあたしは閣下の散歩にでも付き合おうかしらね。しばらく歩いたら戻ってくるから、店の前で待っててちょうだい」

「了解《りょうかい》ですっ！　それじゃ行きましょうエルリア様っ!!」

「ん、行ってくる」

ミリスに手を引かれながら、エルリアがレイドたちに向かってひらひらと手を振る。

その後ろ姿が見えなくなったところで……レイドは怪訝そうに首を傾《かし》げた。

「妙《みょう》だな。普段のミリスだったら適当な理由を付けて、俺に向かってエルリアの水着選びを手伝えとか言ってきそうだってのに」

「それで普通《ふつう》に選んであげる閣下の姿が想像できるわねぇ……」

「まぁ呼ばれなかったってことはミリスなりに配慮《はいりょ》したか、俺とエルリアをくっつけるために何か別の考えがあるってところなんだろうさ」

「二人とも婚約《こんやく》してるんだから、既に夫婦《ふうふ》みたいなもんでしょうよ」

「婚約者ってだけで、まだ夫婦じゃないけどな」

そう答えながら適当に歩き出すと、アルマが追従しながら問い掛《か》けてくる。

「『まだ』ってことは、いずれは夫婦になりたいって閣下も思ってるってことよね？」

「……お前まで突然どうした」

「いや単純に気になっただけなんだけどね。傍《はた》から見てると二人とも仲良いし、お互《たが》いに信頼《しんらい》しているように見えるし、エルリアちゃんに至っては閣下に対する好意全開なのに、どうして二人とも『夫婦』ってことについては否定するのかなって」

「実際そうだ。俺たちは『どちらが強いか決着を付ける』って目的のために婚約したわけで、本当に将来を誓《ちか》い合った婚約者ってわけじゃない」

二人の交わした婚約とは、カルドウェンの立場を利用するためのものだ。

本来なら戦うことが許されなかったレイドに魔法士の資格を与《あた》えるためのものであり、本来持つ『婚約』の意味とは大きく異なっていると言っていい。

「元々俺たちは敵同士だったわけで、本当だったら一緒にいるような相手じゃない。だから前世の決着っていう名目を掲げて、婚約して立場を利用するって口実が必要なんだよ」

「……だけど、閣下もエルリアちゃんのことは好きなんでしょ？」

「おう、好きだぞ」

けろりとレイドが答えると、アルマが目を丸くしながら立ち止まった。

「ええと……それは人間として好きとかそういう感じのやつ？」

「まぁそんなところだな。あいつの魔法に対する真摯《しんし》な姿勢とか、目標のために努力を惜《お》しまない性格とか、そういった尊敬できるところがあって俺は好きだぞ」

「ああ、うん……なんか恋愛《れんあい》感情とかで語らないところが閣下らしいわね」

「そりゃ転生したところで精神的にはジジイなわけだしな。年頃《としごろ》の男みたいに女に対して恋《こい》だ愛だと語るような時分は過ぎ去ってんだよ」

「……それじゃ、エルリアちゃんのことは異性として見てないってこと？」

アルマが僅かに声を落としながら尋《たず》ねてくる。

その言葉に対して、レイドは小さく頷いてから——

「――命懸《いのちが》けで会いに行った女なんだから、惚《ほ》れてるに決まってるじゃねぇか」

そう、笑いながら自身の想《おも》いを口にした。

「別にエルリアに対して恋愛感情が無いってわけじゃないさ。ただそれ以上に尊敬できる戦友とか好敵手って部分が大きいってだけでな」

「えー、あー……うんうん、なるほどね？」

「なんで訊いてきた側が照れてんだよ」

「いやぁ……そこまでハッキリ言うとは思わなかったもんだから」

少しだけ頬を赤らめながら、アルマは苦笑《くしょう》と共に頬を掻く。

「それなら両想《りょうおも》いなんだし、なおさら本物の夫婦になっちゃえばいいじゃないの」

「まぁ他人から見たらそうなんだろうけどな。だけど前世のこともあるから、俺はどうしても友人とか戦友みたいな感じで強く意識しちまうんだよ」

「んー……つまり異性の幼馴染《おさななじみ》みたいな感じで、長年一緒に過ごしてきたせいで恋愛対象として接するのに違和感があるって感じかしら？」

「それと似たようなもんだな」

エルリアに対して、友人以上の感情を持っていることは間違いない。

しかし敵として五十年という歳月《さいげつ》を戦場で過ごしてしまったせいか、知らない内に抱《いだ》いていた恋愛感情よりもそれ以外の意識が強くなってしまった。

「だからこそ……俺はエルリアとの勝負に決着を付けたいんだ。五十年前から続いている関係を終わらせることで、俺たちは初めて何もない立場になれるんだよ」

今のレイドたちの関係は千年前から止まっている。

鎬《しのぎ》を削《けず》り合った好敵手として、共に戦場に在り続けた戦友として、今までに積み重ねてきた関係に終止符《しゅうしふ》を打たない限り、新たな関係に踏み出すことができない。

「だから決着が付くまで、俺たちは『婚約者』のままってわけだ」

「なるほどねぇ……まぁ閣下の気持ちについては分かったけど、エルリアちゃんが前世の因縁《いんねん》とか関係なく意思を示してきたらどうするのよ？」

「それなら婚約とか回りくどいことする必要ないだろ」

「相手はエルリアちゃんよ？　なんかテンパって色々と考えすぎて回りくどくなったとか、再会が嬉《うれ》しくて自分の気持ちを伝え忘れたとかありそうじゃない？」

「むしろそっちの方が可能性高そうだよなぁ……」

再会した時の様子を思い返して、レイドは思わず苦笑を浮かべる。

「まぁ絶対に無いとは言い切れないけど、俺と一緒になって『まだ夫婦じゃない』とか言うあたり、たぶん俺と同じように決着を付けてから言おうって考えだと思うぞ」

「ふーん……それも長年の付き合いから分かるって感じ？」

「そんなちゃんとした理由なんてないさ」

ただ、とレイドは頬を軽く掻いてから――

「――もしも同じ考えだったら、俺も嬉しいってだけだ」

少しだけ照れくさそうに笑いながら答えた。

◆

ミリスが選んだのは、小綺麗《こぎれい》な外観の服屋だった。

主な客層が観光客ということもあってか、東部地域の特色が見られる衣服が多く掛けられており、レグネアから輸入した民族衣装《みんぞくいしょう》や小物なども展示されている。

そして主な遊興や観光地が水辺ということもあってか、色鮮《いろあざ》やかで豊富な品数の水着が揃《そろ》っていて、店内にある陳列《ちんれつ》スペースの一角を占《し》めているほどだ。

「これだけ種類があるのは、王都のお店でも見たことないかも」

「まぁ西部地域は気温の上下が激しいですしね。東部地域だと気温が安定していて落差がないので、場所によっては水着で出歩いたり過ごしたりしているそうですよ」

「すごく詳《くわ》しい」

「ええ……たまに観光やら療養《りょうよう》で村を訪《おとず》れた人たちが、それはもう見るからに田舎者《いなかもの》の私に対して自慢《じまん》げに話してくれましたからね……ッ!!」

「……ミリスが都会に憧《あこが》れる理由の一つが分かった気がする」

悔《くや》しげに拳を握るミリスを見て、エルリアはぽんぽんと背中を叩《たた》いて慰《なぐさ》めてやる。せめて学生の間だけでも都会暮らしを満喫《まんきつ》してもらいたいものだ。

「さてエルリア様、水着を選んでいきましょう」

「ん……わたしはミリスが似合うと思ってくれた物で大丈夫」

「いいえ、そういうわけにはいきません」

そう言って、ミリスがエルリアの肩《かた》を掴《つか》んでくる。

「今回、私がレイドさんに水着選びを手伝わせなかった理由を語りましょう」

「ミリスが語り始めた」

「水着は下着と違って、他者に見られるのが前提の衣装だと言えます。そして事前に水着を知っている状態より、初見の方が印象などは強くなるものです」

「わたしが初めて見る戦闘《せんとう》技術や珍しい術式を眺めちゃうのと同じだ」

「水着の話からバトルや魔法関連に変換されたことについて一抹《いちまつ》の不安を覚えましたが、だいたい合ってると思うので大丈夫だと考えて進めましょう」

軽く咳払《せきばら》いをしてからミリスは言葉を続ける。

「そして、エルリア様が自分で水着を選びます」

「わたしが自分で水着を選ぶ」

「それをレイドさんが初めて見たとします」

「レイドがわたしの水着を見たとする」

「レイドさんは意外と気配りや気遣いができる方なので、間違《まちが》いなくエルリア様の水着姿を褒《ほ》めてくれるでしょう。褒められたエルリア様はどうなりますか？」

「レイドに頭を撫《な》でてもらえる」

「なるほど。私たちが居ないところでも二人は無自覚にイチャついているようですね」

エルリアの返答が不適格だったのか、ミリスが唸《うな》りながら首を傾《かたむ》ける。

「それじゃレイドさんに頭を撫でてもらえたら、どんな気分になりますか？」

「すごく嬉しい」

「はいそれっ！　褒めてもらえたらすごく嬉しいっ‼」

「はなまる大正解を引き当てた」

「褒められたら誰《だれ》だって嬉しいですが、それを選んだのが自分だったら嬉しさも二倍っ！　だからこそ私ではなくエルリア様自身で選ばないといけないわけですっ！」

「……なるほど、理解できた」

確かに自分で選んだものを褒めてもらえるのは嬉しい。

それこそエルリアが初めてレイドのことを意識したのも、自分が心血を注いで創り上げた『魔法』という技術を褒めてくれたのがきっかけだ。

「わかった。それじゃ自分で選んでみる」

「その意気ですっ！　何か具体的な希望があるなら私が相談に乗りますし、最高の水着を選んでレイドさんを驚《おどろ》かせましょうっ!!」

エルリア以上に張り切った様子で、ミリスがグッと拳を握り締める。こういった時に見せるミリスのやる気は心強いものだ。

「それじゃ……色はなるべく白がいい」

「ふむふむ、白ですね。どんな形がいいとかあります？」

「んと……なるべく下着に近い方がいいかも。あんまり着慣れていない格好だったり、水に入って肌《はだ》に張り付いたりするのは好きじゃない」

「それならワンピースよりもビキニですかねー。結構露出《ろしゅつ》多いですけど、ここは大胆《だいたん》にいってレイドさんを魅了《みりょう》させる感じでいきますかっ⁉」

「そ、それはなんか恥《は》ずかしい……っ！」

「ですよねー。まぁレイドさん側はお世話とかで見慣れていそうですけど、自分から見てもらうために選んでいるって考えたら少し恥ずかしいですよね」

エルリアのたどたどしい意見を聞きながら、ミリスが方向性を決めていく。

「それならパーカーと帽子《ぼうし》も買いましょうっ！　水に入る時以外は上から羽織っておけば露出も減りますし、大きめの帽子を被《かぶ》っておけばそちらに視線がいきますからねっ！」

「ミリスがとてもテクニカルなことをしている……っ」

「ふふん、これからはテクニカルアドバイザーとお呼びくださいっ‼」

「呼んであげたらどうなるの？」

「特に意味はありませんが私のテンションが上がりますッッ‼」

「なるほど」

誇《ほこ》らしげに胸を反らすミリスに対して、エルリアはなんとなく手をてちてちと叩いて称《しょう》賛《さん》を送っておいた。ミリスが元気になるならそれが一番だ。

「とりあえず色は決まっているので、あとは柄《がら》やデザインで選びましょうか」

「うん。だけどふりふりが付いているのは除外する」

「あれ、フリルとか嫌《きら》いなんですか？」

「浮遊魔法《ふゆうまほう》で激しい動きをする時にパタパタすると気が散るし、戦闘中に枝とか相手の攻《こう》撃《げき》に引っ掛かったりするかもしれない」

「……まさか水着にまで戦闘面における機能美を求めるとは思いませんでした」

「いついかなる時でも戦闘が発生する可能性は考慮《こうりょ》するべき」

「なんか心構えは正しいんですけど、微妙《びみょう》に間違っている気がするんですよねぇ……」

「そもそも訓練が目的だから、ミリスも気は引き締めておくべき」

「うッ……普段《ふだん》よりもハードな訓練を課される気配……ッ!!」

「だけど、水着選びを手伝ってくれたから頑張った分だけ遊ぶ時間を作ってあげる」

「それは模擬戦《もぎせん》で遊んであげるとかって意味じゃないですよねッ!?」

「……さすがにそこまで酷《ひど》いことはしない」

頬をぷくりと膨《ふく》らませてから、エルリアは小さく頷く。

「ミリスは水着選びを手伝ってくれてるから、ご褒美《ほうび》くらいあってもいい」

「いやまぁ本当に手伝い程度なんですけどね」

「だけど、わたし一人だったら適当に選んじゃってたと思うから」

昔から研究や開発ばかりしていて、人見知りということもあって他人に会うことも避《さ》けていたせいか、自分の見た目や衣服には頓着《とんちゃく》しない性分だった。

前世ではティアナに服を選んでもらっていたし、転生後はアリシアが用意してくれていたこともあって、自分で服を選ぶという機会も無かった。

「だから……喜んでもらうために、自分の物を選ぶっていうのは初めてで楽しい」

そうエルリアが言うと、ミリスも頷きながら笑い返す。

「いやはや、本当にレイドさんは幸せ者ですねぇ……。旦那《だんな》さんを悦《よろこ》ばせようと、こんなにかわいいお嫁《よめ》さんが頑張っているんですから」

「わたしたちは婚約者だから、まだ夫婦じゃない」

「あれだけレイドさん大好きオーラを出しているのにまだ言いますか……」

「……だって、まだレイドに好きって言えてないから」

結局、ちゃんと自分の気持ちを伝えたことは一度もない。

たとえ婚約という形で一緒にいたとしても、本当の意味で一緒になれたとは言えない。

そして……その想いを打ち明ける時も決めている。

「わたしが好きって伝えるまで婚約者。レイドと『どっちが強いか決着を付けよう』って約束で婚約したから、その約束が終わるまでは伝えない」

「おぉ……なんか千年越《ご》しの約束を果たして、そこで決着を付けてから気持ちを打ち明けるってドラマチックですねっ!!」

「我ながら完璧《かんぺき》なプラン」

「それじゃ、勝敗に関係なく気持ちを伝えるってことですよね？」

「それは勝った時だけ伝える」

「………うん？」

首を傾げるミリスに対して、エルリアはへにょりと眉《まゆ》を下げる。

「だって、負けたのに『好き』って伝えると同情を誘《さそ》うみたいでカッコ悪いから……」

「ここに来て賢者《けんじゃ》としてのプライドが出てきた……ッ!!」

「レイドのことは好きだけど、勝負と言われたら勝ちに行くべき」

気持ちを伝えてしまえば、今後二人が全力で戦うこともなくなるだろう。

それが最後の戦いになるのだったら、全力を尽《つ》くして勝ちに行くべきだ。

「だから、ミリスはわたしが勝つのを応援《おうえん》していて欲《ほ》しい」

「そうですね……応援しながら、もどかしい気持ちで二人がイチャついているのを眺めている一般人としての立場を守り抜《ぬ》きましょう……」

「うん、がんばる」

勝利に燃えるエルリアとは裏腹に、ミリスはどこか遠くを眺めていた。

二人でそんな会話を交わしていた時――


「――そこの女子二人、ちょっと構わんかの？」


不意に声を掛けられて、エルリアたちは静かに振《ふ》り返った。

そこにいたのは――小柄《こがら》な少女だった。

眩《まばゆ》く輝《かがや》く金色の髪《かみ》の中で、僅《わず》かに混じっている黒髪《くろかみ》。

こちらの大陸では見られない、レグネア特有の民族衣装。

そんな少女が、両手に水着を持ちながら問い掛けてくる。

「水着を選んでいたのじゃが、わしは西方大陸の洋装に詳しくなくてのう……。表記も規格も違うみたいじゃし、時間があるなら教えてもらえんかの？」

そう申し訳なさそうな表情で少女がエルリアたちを見上げてくる。

「ええと……はい、時間はあるので大丈夫《だいじょうぶ》ですよ」

「うん。わたしも大丈夫」

「おおっ、助かるのじゃっ！」

エルリアたちの言葉を聞いて、少女がにぱりと華やいだ笑みを浮かべる。

しかし……エルリアたちの視線は別のところに向けられていた。

嬉しそうに笑う少女の頭上。

そこで――ぴこぴこと動いている獣耳《けものみみ》。

そして、少女の背後でふりふりと揺《ゆ》れている細長い尻尾《しっぽ》。

その動きは自然なもので、作り物らしい様子は見られない。

そんな少女の耳と尻尾を見て、エルリアたちは興味深そうに眺める。

「おお……噂《うわさ》には聞いていましたけど、獣人《じゅうじん》の方って初めて見ました」

「正確には獣人じゃなくて、レグネアで『獣憑《けものつ》き』って呼ばれている特異体質」

「うむっ！　よく知っておるのう、銀髪《ぎんぱつ》の娘っ子っ！」

そう言って、少女がふふんと自慢げに胸を反らす。

「わしはレグネアにおいて神の使いと謳《うた》われ、崇《あが》め奉《たてまつ》られる『獣憑き』のトトリじゃっ！

おぬしらも存分に崇めてお菓子《かし》とか奉納《ほうのう》してくれて構わんぞっ！」

「お菓子あげるから、耳とか触《さわ》っていい？」

「もちろんよいのじゃっ!!」

「すごくやさしい」

「『獣憑き』に選ばれた者は、奉納と引き換《か》えに民の声を聞くのが役目じゃからなっ！」

「ん、それじゃクッキーどうぞ」

「うむ、確かに受け取ったのじゃ」

エルリアが懐《ふところ》に入れてあったクッキーを手渡すと、トトリと名乗った少女はあっさりと頭を差し出して獣耳をぴこぴこと揺らした。

そしてエルリアが指先で獣耳をいじる中、トトリが不思議そうに首を傾げる。

「それにしても、よく『獣憑き』について知っておったの？　西方大陸では一般的《いっぱんてき》に獣人として認知《にんち》されておるし、魔《ま》法《ほう》に関する学があっても即座《そくざ》に出てくるものでもないぞ」

「うん。レグネアの呪術《じゅじゅつ》に興味があったからたくさん調べたことがあって、その中で歴史にも目を通したから『獣憑き』についても知ってた」

「ほほう、魔法を学ぶために歴史にまで目を通すとはえらいのうっ！」

「レグネアの呪術は魔術《まじゅつ》と似てるけど、違うところが多いから学んでいて楽しかった」

「うむっ！　その歳《とし》で呪術の深みを理解しておるとは素晴《すば》らしいことじゃっ！」

そう言ってトトリは嬉しそうにニコニコと笑う。

『獣憑き』……俗《ぞく》に獣人と呼ばれる者たちはレグネアにおいて神の使い、神の寵愛《ちょうあい》を受けた者として重宝されるという歴史を持っている。

レグネアも呪術という文化を主体としていたことから、その魔力量によって地位や序列などが定められていた時期もあった。

その中でも『獣憑き』は人並み外れた魔力を持つだけでなく、レグネアで信仰《しんこう》されている数多《あまた》の神々によって選ばれた証として獣耳と尻尾を発現させ、それらによって人間では到達《とうたつ》することができない『神域』の一部に触《ふ》れることができるとも伝えられている。

そしてもう一つ、『獣憑き』には特徴《とくちょう》がある。

「『獣憑き』ってことは、トトリは不老なの？」

「うむっ！　今年でめでたく百二十一歳になったのじゃ！」

「へぇー……長生きだとは私も聞いていたんですけど、不老とは知りませんでした」

「この獣耳と尻尾が現れた時点で、わしらは人間とは異なる存在となって年齢《ねんれい》が止まってしまうのでな。しかし見た目が幼いからと侮《あなど》るでないぞっ！」

そう言って、トトリはむふんと自慢げに胸を反らす。しかしエルリアに頭を撫でられているせいか、年相応の少女にしか見えないのが残念だ。

「そういえば、おぬしらの名前はなんと言うんじゃ？」

「あ、私はミリスです。そしてこちらがエルリア様で――」

「………エルリア？」

そうミリスがエルリアの名を口にした瞬間《しゅんかん》、トトリが僅かに目を細めた。

しかし何か納得《なっとく》したように頷《うなず》いてから、ぴょんとエルリアの下から離《はな》れた。

「ふむふむ、なるほどのうっ！」

「……どうかしたの？」

「すまんが急用を思い出したのじゃっ！　二人ともまた会おうぞっ！」

手にしていた水着を棚《たな》に戻《もど》してから、トトリはぱたぱたと出口に向かって駆《か》けていった。

その後ろ姿を眺めながら、ミリスは不思議そうに首を傾げる。

「なんか急いでいたみたいですけど、水着の件はよかったんですかね」

「…………うん」

「あれ、どうかしたんですかエルリア様？」

「トトリが行っちゃった……」

「はい、そうみたいですけど……？」

疑問符《ぎもんふ》を浮かべているミリスとは対照的に、エルリアは深々と溜息《ためいき》をつく。

「レグネアの『獣憑き』に会えるなんて珍《めずら》しいのに……本場の呪術にも詳しそうだったから、色々と面白い話が訊けそうだったのに……」

「うわぁ、エルリア様がすごく分かりやすく落ち込《こ》んでるぅ……」

「うん……すごく落ち込んでる……」

しゅんと身体を縮めながら、エルリアはあからさまに肩を落とす。

レグネアにおいて『獣憑き』は相応の地位や要職を与えられることが多いため、西方大陸に渡《わた》ってくる機会は極《きわ》めて少ないのだ。

レグネア本土に渡れば見かける機会などはあったとしても、先ほどのように気軽な会話ができることもないだろう。

「悲しみが深い……」

「も、もしかしたらトトリさんも戻ってくるかもしれませんし、水着を選んでいたってことはパルマーレに滞在《たいざい》しているわけですし、きっとまた会えますよっ!!」

「うん……今度は尻尾もなでなでしたい……」

「トトリさんなら尻尾も許してくれるでしょうっ！　水着を選んでいれば気も紛《まぎ》れると思うので、ここは頑張って切り替《か》えていきましょう!!」

「うん……がんばって水着選ぶ……」

そうしてミリスに励《はげ》まされながら、エルリアは水着選びを再開した。

◇

エルリアたちの買い物が終わった後。

ルーカスから予定より早く到着《とうちゃく》するという連絡《れんらく》を受け、レイドたちは予定よりも早く集合場所を訪れていたが――

「…………はぁ」

なぜかエルリアがものすごく落ち込んでいた。

それはもう分かりやすく、がっくりと肩を落としていた。

「……なんでエルリアはこんな凹《へこ》んでるんだ？」

「レイド……わたしは今、一期《いちご》一会《いちえ》という言葉を心の底から理解している……」

「あー、ちょっと買い物中に獣人の子と会いまして、エルリア様としては色々話をしたかったそうなんですけど、それが叶《かな》わずに超絶《ちょうぜつ》凹みモードになってしまいまして……」

「へぇ、獣人ってことは『獣憑き』ってことよね？　たまにレグネアからお忍《しの》びで東部地域を訪れることがあるって聞いたことあるけど」

「うん……だけど急用って言ってたから仕方ない……」

「まぁ『獣憑き』の大半は要人だし、それは仕方ないわねぇ」

そう言って、アルマは苦笑しながらエルリアの頭をぽんぽん叩く。

「獣人かぁ……俺《おれ》も昔に見たことがあったけど、そんなに珍しいのか？」

「そりゃもう珍しいなんてものじゃないわよ。獣人……というか『獣憑き』ってのは魔力量だけで発現するものじゃないし、レグネアでしか確認《かくにん》されていない特有の事象だもの」

「確かにこっちの大陸だと見たことないけど、なんか理由とかあるのか？」

「ん……『呪術』が内側に作用する力だから、それらを昔から使っていた影響で突然変異《とつぜんへんい》が起こるようになったんだと思う。だから魔術を使っていたヴェガルタにはいない」

「理由としてはそんなところでしょうね。それに今は規制されているけど、レグネアの呪術には人柱、生贄《いけにえ》、人身御供《ひとみごくう》みたいな人間の命を代償《だいしょう》とする術も研究されていた経緯《けいい》があるし、時の権力者なんか不老不死を求めて都を滅《ほろ》ぼしたなんて話があるくらいだもの」

「えぇ……それって今も使っていて大丈夫なんですか？」

「うん。そういったものは禁呪として厳しく取り締まられているし、ヴェガルタと交流するようになって呪術を魔法として使うようになったから安全になった」

ふんふんと頷きながらエルリアが補足を加える。どうやら魔法の話ができたことで、少しだけ元気になってきたようだ。

そんな話をしていた時、ふとレイドは昔のことを思い出した。

「そういや、アルマの言った都を滅ぼした権力者ってのには覚えがあるな」

「まぁ有名な話というか、レグネアでは訓戒《くんかい》みたいな感じで語《かた》り継《つ》がれている話ではあるけど……何かの文献《ぶんけん》とかで目にしたってことかしら？」

「いや、千年前に漂着《ひょうちゃく》してきた獣人の嬢《じょう》ちゃんから聞いた」

「さすがにそれは予想できなかったわ」

「まぁ言葉が微妙に違っていたから、詳しくは分からなかったんだが……確か禁呪がどうとか、異形が都を滅ぼしたとか、それで逃《に》げてきたみたいなこと言ってたんだよな」

稀《まれ》ではあったが、アルテインにはレグネアから訪れる人間がいた。

しかし船がまともな形で辿《たど》り着くようなものではなく、全てが東部海域の荒波《あらなみ》に呑《の》まれて沈没《ちんぼつ》し、奇跡的《きせきてき》な確率で生きて漂着するといったような状況《じょうきょう》だった。

「そもそもアルテインの製鉄や精錬《せいれん》技術、近接戦闘術の一部は、レグネアから漂着した稀《まれ》人《びと》に教わった知識っていう話だったからな。だからアルテインにしては珍しく、国に漂着したレグネアの人間を見つけたら丁重《ていちょう》に扱《あつか》えっていう命令もあったんだよ」

「確かに、ヴェガルタでは見ない戦い方だった気がする」

「オレとしては製鉄や精錬技術の方も興味深い。以前レイドが言っていた『機械』といった技術についてもレグネアが起源にあるということか？」

興味深そうにウィゼルが尋ねてくるものの、レイドは眉をひそめながら首を傾げる。

「どうだろうなぁ……技術関連については俺もそこまで詳しくないし、レグネアの人間は地域によって伝わっている技術が違うとも聞いたことがあるしな。なんかカラクリとかいうものを参考にしたみたいな話は聞いたことあるけどよ」

「おおッ！　レグネア伝統の絡繰《からくり》機構のことかッ!!　確かにあの複雑かつ計算された配置によって生み出される動きは魔力《まりょく》回路に近しいものがあるッ!!　それらの機構を魔装具の型にも使えば、さらに複雑性も……いやその場合は耐久性《たいきゅうせい》に難が出てくるか？　魔具ならともかく、高出力の魔力を扱う魔装具では各機構の連結部分が魔力回路の負荷《ふか》に耐《た》えられない。それを解決するための方法は――」

「ああ、またウィゼルさんが自分の世界に戻っちゃいましたね……」

「まぁさっきまで色んな魔具を見て回ってたみたいだしな。魔装技師のウィゼルにとっては良い刺激《しげき》になったってところだろ」

ウィゼルが何かを呟《つぶや》きながら手帳に向かって文字を書き殴《なぐ》り始める。戻ってきてからも似たような調子なので、ウィゼルとしては充実《じゅうじつ》した時間を過ごしてきたのだろう。

そんな中、エルリアが催促《さいそく》するようにくいくいと袖《そで》を引っ張ってくる。

「それで、漂着した獣人の子の話はどうなったの？」

「ああ、それでなんか困っていたから、とりあえず俺がレグネアに様子を見に行った」

「……様子を見に行った？」

「いや異形っていうのが魔獣《まじゅう》だったら海を渡ってアルテインに来るかもしれないし、それなら様子を見ておくべきだと思ってな」

「そうじゃなくて、どうやってレイドは東部海域を渡ったの？」

「そりゃ泳ぐしかないだろ」

「泳いじゃったんだ」

「……いや、レグネアまでは今の船でも半日以上掛かるんだけど？」

「確かに時間掛かった記憶《きおく》あるな。それで泳いだ後に暴れていた魔獣がいたから適当に討《とう》伐《ばつ》して、アルテインに戻って獣人の嬢ちゃんを乗せた船を牽引《けんいん》して帰してやったぞ」

「船まで引っ張っちゃった」

「なんかもうデタラメ人間って感じね」

アルマだけでなく、エルリアも呆《あき》れた様子でレイドを見てくる。

確かに今にして思えば無茶《むちゃ》なことをしたが、最初から獣人の少女は助けを求めるために海を渡ってきたようだったし、自分の命を賭《と》して国の人間を救いたいという想いだったと思うので、それなら応えてやりたいと考えた結果だ。

「まぁ帰した後はすぐに戻っちまったし、あんまり覚えてないんだけどな」

「それだけのことして覚えてないってのがすごいわね……」

「だけど、それならレグネアの中でレイドの話が伝わってそう」

「どうだろうなぁ……急いでたから名前とか身分も教えなかったし、なんか伝承とか言い伝えくらいにはされてそうだけどな」

しかし一つ確かなのは、レグネアが今も繁栄《はんえい》を続けているということだ。

それなら獣人の少女は元気に過ごせただろうし、もしかしたら相応な立場を与えられて国を復興させたということもあり得る。それだけで十分といったところだ。

「というか、『獣憑き』って不老だから今も生き残ってる可能性があるんじゃない？」

「……いや、さすがに千年も経《た》ってるんだぞ？」

「ん……確かに不老とはいえ不死じゃないし、怪我《けが》や病気で亡《な》くなる可能性もある」

「まぁそうよねぇ……噂じゃレグネアの元首は千年近く生きているって話だけど、国の催《さい》事《じ》でも姿を見せたことがないって話だから本当かどうか分からないし」

「そういった長命な種族は神聖視されるもんだしな。それに国を再建するなら神話性とか国の結束をまとめるために『今も生きていることにする』ってのはあり得る話だ」

千年という歳月はあまりにも長すぎるし、今のように医療魔《いりょうま》法《ほう》といった技術も無かったことを考えると、今も生きているという可能性は限りなく低いと見ていいだろう。

「レイドが見たのは、どんな子だったの？」

「東部でよく見る黒髪だけど、瞳《ひとみ》は珍しい赤色で……なんか狐《きつね》っぽい耳だったかな」

「狐さん……わたしも見てみたかった」

「そういやエルリアが見たって獣人はどんな感じだったんだ？」

「猫《ねこ》みたいな三角で、しましまのお耳だった」

そう言って、エルリアが再現するように頭の上で手をぴこぴこと揺らして見せる。その様子を見る限り、よほど出会った獣人のことを気に入ったようだ。

そんな会話を交《か》わしていた時……レイドたちの前で大型の魔導車が止まった。

そして、運転席から降りてきたルーカスが軽く手を挙げる。

「どもどもっす。皆《みな》さんお待たせしてしまってすんません」

「おう。迎《むか》えに来てくれてありがとうな」

「とんでもない。むしろこっちが俺の本職っすからね」

にかりと笑いながら、ルーカスが胸元《むなもと》のタイを引っ張って見せる。服装も普段の制服や私服ではなく執事《しつじ》服を着ているので、合宿中はヴェルミナン家の使用人という立場も兼《か》ねているのだろう。

「そんな感じなので、今日は皆さんのために色々と働かせてもらえると嬉しいっす」

「はいよ。それじゃ荷物とか任せていいか？」

「もちろんっす。皆さんの荷物も俺が運んで荷台に載《の》せておきますんで、先に客室の中に乗り込んでいてもらって大丈夫っすよ」

そう促《うなが》されて全員が魔導車の客室に乗り込み、しばらくしてから荷物を運び入れ終えたルーカスが運転席に戻ってくる。

「そんじゃ——ヴェルミナン家の別荘《べっそう》までご案内させていただきますかね」

ハンドルを握《にぎ》り、ルーカスが足元を踏《ふ》み込んだ瞬間——魔導車がゆっくりと走り出し、徐々《じょじょ》に加速を伴《ともな》って舗装《ほそう》された道を進み始める。

そうして流れていく景色を眺《なが》めながら、ミリスは感嘆《かんたん》の息と共に目を輝かせていた。

「まさか、私が魔導車という高貴な存在に乗る日が来るなんて……っ!!」

「まだ魔導車は珍しいっすからねぇ。魔力操作や調整が難しいこともありますし、魔法訓練を行っていない一般人《いっぱんじん》が扱うと事故に繋《つな》がる危険もありますしね」

そう答えながらも、ルーカスは慣れた様子で魔導車の操作を行っている。

「ルーカスの運転、すごく上手」

「確かに上手《うま》いな。カルドウェンの運転手が悪かったわけじゃないけど、前に乗った時にはもう少し揺れがあったぞ」

「いやぁ……うちの坊《ぼ》っちゃんが馬車だと数分で酔《よ》うくらい弱いんで、めちゃくちゃ運転には気を遣《つか》うようにしているんすよ。地形とか道の状態を見て、魔法で多少補助を入れながら走行させたりもしてますかね」

「魔法士ならではの運転だと思う。はなまる」

エルリアが満足そうにふんふんと頷く。魔導車に乗り慣れているエルリアが言うくらいだから、細かい気遣《きづか》いが為《な》されているのだろう。

そうして森林の道を進んでいた時――視界が大きく開けた。

眼前に広がる巨大《きょだい》な湖。

それらを取り囲むように並ぶ深緑の山々。

しかし単純な自然だけでなく、山頂へと逆流している川、遠くで天高く昇《のぼ》っている間欠泉なども見られ、まさしく『水』に溢《あふ》れた自然の光景だと言える。

「お、そろそろ到着っすかね」

そうルーカスが告げると、進行方向に大きな屋敷《やしき》が見えてきた。大きさは王都にある邸《てい》宅《たく》と変わらないが、広大な自然の中にあるせいか普段よりも存在感があるように見える。

そしてルーカスが屋敷の前に魔導車を乗り付けると、入り口で待機していたヴァルクが静かに頭を下げながら出迎《でむか》えてくれた。

「お待ちしておりました、皆様《みなさま》」

「おおーっ！　ヴァルクさんはメイドさんなんですねっ！」

「はい。本来の私はヴェルミナン家の従者兼《けん》メイドでございます。此度《このたび》は皆様をご招待することから、ヴェルミナン家当主であるマルティスから丁重に遇《ぐう》するようにとの命を受け、こちらの正装で出迎えさせていただきました」

ヴァルクの表情と口調は淡々《たんたん》としたものだったが、頭を下げるといった所作一つでも洗練された動きであり、幼少時から教《おし》え込まれたものであることが窺《うかが》える。

「宿泊《しゆくはく》中に何か御用《ごよう》がありましたら、私かルーカスに気軽にお申しつけくださいませ」

「ん、ありがとヴァルク」

「わ、私のような一般庶民《いっぱんしょみん》がお申しつけとかしていいんですか……っ⁉」

「もちろんです。招かれた以上はヴェルミナンの賓客《ひんかく》、むしろ何一つとして不備がないように全力でおもてなしをさせていただきます」

少しだけ誇らしげにヴァルクが胸を張る。さすが本職のメイドといったところだ。

「それでは皆様を部屋にご案内致《いた》します。ルーカス、荷物を頼《たの》めますか」

「了解《りょうかい》っす。そういや坊っちゃんはどうしたんすか？」

「何やら部屋でドタバタしていたので、はしゃいでいるんじゃないでしょうか」

「別荘に自分の友人を招くなんて初めてっすからねぇ……」

「なにせ関係者の子息を集めて生誕祭を行った際にも、『誰も来なかったらどうしよう』とかグズり出して最終的には当主様に招待状を出してもらったヘタレですからね」

「そして生誕祭でもやらかして、翌年から俺たちが祝うようになったんすよねぇ……」

「ああ、本人のいないところで過去が暴露《ばくろ》されていく……ッ‼」

二人が遠くを眺めながらファレグの過去を無自覚に暴露していた。それでも二人は今もファレグに付いているのだから、愛されているのは間違いないだろう。

そんな会話を交わしていた時……屋敷の中からドタバタ走る音と声が響《ひび》いてきた。

「ヴァルク、もうあいつらが来たのかッ⁉」

「既《すで》に到着されているのでキャンキャン喚《わめ》かないでください、坊っちゃん」

「おいやめろッ！　それは僕《ぼく》が生誕祭で披露《ひろう》した犬の真似《まね》だろうッ⁉」

「さすが当人、元ネタを理解していただいて私は大変嬉《うれ》しゅうございます」

「いや今はどうでもいいッ！　あと一分だけ時間を稼《かせ》いでくれッ‼」

「承知しました。それでは一から十五までの数字をお選びください」

「よ、よく分からないが八だッ‼」

「八ですね。それでは皆様、坊っちゃんがやかましいので少々お付き合いください」

そう粛々《しゅくしゅく》と頭を下げてから、ヴァルクはどこからともなく紙芝居《かみしばい》を取り出す。

「それでは——八歳のファレグ坊《ぼっ》ちゃん、虫にお尻《しり》を刺《さ》されて大パニックの巻」

「お前はなんて話で時間を稼ごうとしているんだァッ!!」

屋敷の中からファレグの怒号《どごう》と扉《とびら》を叩く音が響いた直後……その勢いが余ったのか、扉が勢いよく開け放たれた。

そして、天井《てんじょう》から斜《なな》めに垂れ下がっている『ようこそヴェルミナンの別荘へ』と書かれた垂れ幕が視界に入ってくる。

扉で立ち尽くすファレグは、その垂れ幕とレイドたちに何度か視線を向けてから——

「——よく来たな、お前たちッ!!」

少しだけ口角を緩《ゆる》ませながら、普段通りにふんぞり返った。

◇

ヴァルクに部屋を案内され、ルーカスに荷物を運《はこ》び込んでもらった後。

レイドたちは別荘の近くにある湖辺に集合していた。

「いやぁ……なんか水着ってのは落ち着かねぇな」

なんとなく、レイドは落ち着かない様子で自分の姿を見回す。

今のレイドは羽織っている薄手《うすで》のシャツと水着という装《よそお》いだが、シャツにはボタンがないので胸板《むないた》が晒《さら》されているような状態だ。

千年前だと甲冑《かっちゅう》や着衣のまま水に入ることが多く、転生後も川に入ったりする時は肌着《はだぎ》や仕事着だったりしたので、どうにも人前で肌を晒すのは落ち着かない。

そうしてレイドが困惑《こんわく》しながら立ち尽くしていた時——

「——お待たせ、レイド」

エルリアに声を掛《か》けられ、レイドはゆっくりと振り返る。

そこには——水着姿のエルリアがいた。

肩幅《かたはば》と同じくらいの大きさがある麦わら帽子と淡《あわ》い水色の上着。

そして余計な装飾《そうしょく》がない、シンプルなデザインの白い水着。

「が、がんばって選んでみた……っ」

レイドの視線を受けて、エルリアが表情を隠《かく》すように帽子の鍔《つば》をぎゅっと握りしめる。

「おー、やっぱりエルリアは白が似合うな。昔からのイメージってのもあるけど」

「あ、ありがてゅ……っ！」

少しだけ噛みながらも、エルリアは鍔を握ったままふんふんと頷いて見せる。

人前で肌を晒すという事に対して、エルリアも多少緊張《きんちょう》しているようだ。

「レイドも……水着、似合ってる」

「おう、ありがとうな。さすがにここまで軽装だと少し落ち着かないけどな」

「うん……わたしも、少し落ち着かないかも」

似たような感想を口にしたせいか、二人して苦笑《くしょう》を浮《う》かべる。

そんな二人を見て……後から来たアルマとミリスが呆れた表情を浮かべていた。

「おーおー、さっそく二人の世界に行ったわね」

「ですが、やはり真っ先にエルリア様の水着姿を褒《ほ》めてあげましたね。そのあたり信頼《しんらい》できるところがレイドさんの良いところと言えるでしょう」

「そんじゃ、あたしらの水着に対してはどんな感想を言うのかしらね？」

「たぶん『お前らも似合ってんな』という無難なコメントだと私は予想します」

「それを言われると普通《ふつう》に褒めにくいだろうがよ……」

聞こえてきた会話に対して、レイドは軽く溜息をつきながら言葉を返す。

しかし、エルリアと同様に二人ともイメージ通りといったところだ。

アルマはデザインこそエルリアと同様に飾《かざ》り気《け》がないシンプルなものだが、その色合いは黒に統一されており、薄《うす》いレースを腰《こし》に巻いている。

そしてミリスは特に何も羽織っていないが、水着の縁《ふち》にはフリルがあしらわれており、派手すぎず地味すぎない淡い桃色《ももいろ》の水着といった装いだ。

「お前らも似合ってると思うぞ。全体的な色合いとかは二人のイメージに合ってるし、小物とか装飾みたいな細かい部分で個性が出ていていいんじゃないか」

「はいはいありがと。閣下にお褒めいただき光栄ですってね」

「むむ……思っていた以上にコメントがしっかりしていたので合格としましょう」

そんな二人の返答に苦笑してから、レイドは再び湖辺に向き直る。

「よし、それじゃ全員揃《そろ》ったから訓練始めるぞ」

「「「「…………はい」」」」

レイドの号令を聞いた瞬間、待機していた四人とミリスが消沈《しょうちん》した声音《こわね》で返事をした。

ちなみにミリス以外は水着ではなく、ちゃんと動きやすい服装で待機している。

「というか、なんでミリスは訓練があるのに着替《きが》えたんだよ」

「せめてッ……気分だけでも楽しみたかったんです……ッ!!」

ミリスが悔《くや》しげな表情で砂浜《すなはま》をぼふぼふと殴りつける。五人の中で一人だけ水着姿ということもあって余計に残念だ。

そんなミリスに対して、ウィゼルが唇《くちびる》を噛《か》み締《し》めながら肩《かた》に手を置く。

「分かる……分かるぞ、ミリス嬢。これからオレたちは倒《たお》れるまで地獄《じごく》の訓練を行うことになる。だから現実逃避《とうひ》しないと辛《つら》かったんだな……ッ!!」

「いやぁ……俺たちも待っている間に今までやってきた訓練の内容について軽く聞いていたんすけど、それを今から行うと思うと戦々恐々《せんせんきょうきょう》ってなもんでして……」

「今日ばかりは坊っちゃんのことを笑えなさそうですね……」

「あぁ……本当は扉が開いて入って来た時に垂れ幕が落ちる予定だったのに……」

そんな感じで五人は浮かない表情で肩を落としていた。一人だけ別のことを気にしていたようだが、そちらについては放置で構わないだろう。

そして訓練と聞いて、エルリアが調子を取り戻したように前へと出る。

「ん、それじゃみんなにやってもらう訓練を発表する」

「「「「はい……」」」」

「ちなみに返事が小さかった子には追加メニューが用意してある」

「「「「はいッッッ!!」」」」

「意外とエルリアちゃんって厳しい感じなのね……」

「そりゃな。なにせエルリアは魔法の有用性を戦場で示した後、たった一年で魔法士部隊を作り上げて実戦投入できるレベルに育て上げたくらいだぞ」

「そりゃ他の子たちがあたしの訓練でへばってるのに、ウィゼルとミリスだけ余裕《よゆう》で訓練をこなせるようになるわけねぇ……」

二人が背後で会話を交わす中、エルリアは満足そうに頷いてから口を開く。

「まず、ファレグとウィゼルの二人にはチェイスタグをしてもらう」

「……確か一人が逃げて、もう一人が追いかけるとかいう庶民《しょみん》の遊びだったか？」

「うん。東部地域では『おにごっこ』って言われている遊び」

「ハッ！　そんな遊びだったら普段《ふだん》と比べたら余裕じゃないかッ！」

「ただし、逃げ回る場所は地上じゃなくて湖の上」

「…………は？」

「ファレグの持ち点は五十点、ウィゼルの攻撃《こうげき》を受けたり湖に落ちたら一点マイナス」

「おい待てッ！　さらっと湖の上を移動できる前提で話すんじゃないッ!!」

「魔法士なら地形に移動を左右されるなんて言語道断。それとファレグの場合は浮遊魔法《ふゆうまほう》じゃなくて炎《ほのお》の爆破《ばくは》による移動で行ってもらう」

「あれは瞬間的《しゅんかんてき》な速度を必要とする時に使うもので、常時使っていたら――」

「わたしが話している時に口を挟《はさ》まない」

「…………はい」

ぴしゃりと言い放ったエルリアの気迫《きはく》に負け、ファレグが瞬時《しゅんじ》におとなしくなる。

「この訓練の意図は必要最低限の魔力、必要最低限の出力をコントロールすること。移動に余計な魔力を消費しないようにするだけじゃなくて、近接戦闘《せんとう》を行う際の動きや回避《かいひ》に幅《はば》を持たせるといった意味がある」

「ふむ……オレが追いかける場合に制限はあるのか？」

「ウィゼルは一切《いっさい》制限無しでいい。使える物は魔具でも地形でも何でも使って、ファレグを捕《つか》まえるか湖に落としてポイントを奪取《だっしゅ》してくれたらいい」

「……ちなみに、終了《しゅうりょう》時点でオレのポイントが多かった場合はどうなる？」

「ポイントが多い方は追加メニューが免除《めんじょ》になる」

「ヴェルミナン卿《きょう》、オレのために犠牲《ぎせい》となってくれ」

「どうして僕が犠牲を受け入れると思ったッ⁉」

「まだヴェルミナン家の魔導車について詳《くわ》しく調べていないのでな……ッ‼　そのためにも余力を残しておかなくてはいけない……ッ‼」

ウィゼルが笑顔《えがお》でファレグの肩を掴《つか》んでいるが、その目は真剣《しんけん》そのものだった。

「はい、それじゃスタート」

「ハハハハッ‼　オレは魔具のためだったら味方の犠牲も厭《いと》わないッッッ‼」

「そもそも魔導車もうちが所有してるものだろうがあああぁぁぁ――……」

ウィゼルが魔具を起動させて駆け出した瞬間、ファレグも即座に反応して炎を起《き》爆《ばく》させて湖に向かって逃亡《とうぼう》を開始する。

その様子を確認したところで、エルリアは満足そうに大きく頷いた。

「次、ルーカス。ウィゼルを魔法で妨害《ぼうがい》してファレグを守ってもらう」

「おお……あの二人に比べたら少し楽そうっすね」

「ただし直接ウィゼルを攻撃するのは禁止。基本的にはウィゼルの視線や魔法の射線を遮《さえぎ》ったり、遮蔽物《しゃへいぶつ》で進路を妨害して補助に徹《てっ》すること」

「なるほど。それは――確かに俺に向いている感じっすね」

口元に笑《え》みを浮かべてから、ルーカスは自身の腕《うで》に魔装具を取り付ける。

小さい十字弓の魔装具。

「そんじゃ――バッチリ守ってみせますかねッ!!」

狙《ねら》いを定め、その弦《つる》を絞《しぼ》り放った瞬間――

逃亡するファレグを覆《おお》うように、漆黒《しっこく》の霧《きり》が広がっていった。

ルーカスが得意とするのは『付与魔法《ふよまほう》』と呼ばれる、指定した対象に対して別の特性を付与するといったものだとファレグから聞いている。

今ルーカスが行って見せたのは、おそらく『空気』に対して『色』を付与したのだろう。

対象の指定は十字弓の射線、付与できる対象と特性は一つのみで、魔法における攻撃性能には乏《とぼ》しいが……補助、妨害、奇襲《きしゅう》といった方面においては優《すぐ》れた魔法と言える。

「おぉー、あれってエルリア様がルフスさんとの模擬戦《もぎせん》でやった、『見えない足場』と似たような感じの魔法ですよね？」

「うん。付与魔法は本来ならあり得ない性質も与《あた》えることができる。それでルーカスは運転をしてる時にも、付与魔法で地面を柔《やわ》らかくして振動《しんどう》を抑《おさ》えてた」

「うわぁ……全然気づきませんでした」

「そう、気づくことが難しい。付与魔法は『空気を毒に変える』といった別の物質に変換《へんかん》することはできないけど、その物質が持つ特性そのものを変えて見た目は変わらなかったりするから、相手からすると魔法の内容や意図が予測しにくいから厄介《やっかい》」

だから、とエルリアは目を細めながら言葉を続ける。

「今、ルーカスがやってみせたのは減点対象」

その言葉に応じるように、ウィゼルは漆黒の霧に向かって迷わず突進《とっしん》し——

「────ふッ!!」

軽く息を吐《は》きながら、ウィゼルは右足を大きく上げて眼前の霧を蹴《け》った。

その瞬間、魔具から噴出《ふんしゅつ》している圧縮した空気が漆黒の霧を払《はら》い飛ばし、背を向けて逃亡しているファレグの姿が容易に捕捉《ほそく》できてしまった。

「うへぇ……なるほど、簡単な妨害じゃ無理ってことっすね」

「うん。ウィゼルはわたしと何度も模擬戦をしてるし、付与魔法を使った妨害や防壁《ぼうへき》にも慣れてるから、分かりやすいものだと簡単に対処して突破《とっぱ》できる。だから特性を付与する時には相手に気づかれにくい、そして効果的な特性を的確に選んで使わないとダメ」

「了解っす……ちなみに、今ので俺もマイナス一点ですかね？」

「ルーカスにポイントはない。ただしファレグが負けたらメニュー追加」

「坊っちゃん俺のために逃げてええええええええええええッッ!!」

エルリアによる魔法の言葉を聞いたことで、ルーカスは叫《さけ》びながら逃亡するファレグを追って駆け出していった。それほどまでに追加メニューは恐《おそ》ろしいのだろうか。

「それじゃ、次はヴァルクの番」

「……どうぞ、何なりとお申しつけください」

「ヴァルクには、わたしの契約《けいやく》している魔獣と遊んでもらう」

「……それだけで構わないんですか？」

「うん。それだけで大丈夫《だいじょうぶ》」

困惑するヴァルクに対して、エルリアはふんふんと頷いて見せる。

「ヴァルクの魔法《まほう》は分かりやすく言うと『透過《とうか》』だけど、付与や変換と違《ちが》って一時的に魔法の対象を別次元に移動させる転移魔法の亜流《ありゅう》だって聞いてる」

「はい。魔法によって対象を別次元の位相に移動させることによって、本来持っている質量や運動量などを別次元にて消化させて『透過』といった事象を引き起こしています」

補足を加えながら――ヴァルクは腰に差していた狩猟《しゅりょう》用の小刀に似た魔装具を握る。

そして空《あ》いている左手で足元の砂を掴み、自身の右腕《みぎうで》に振《ふ》り落とすと……その砂は右腕に当たることなく、サラサラと自然な動きで地面に零《こぼ》れ落ちていった。

「面白《おもしろ》いもんだな。一時的に俺たちがいる世界から消えているような感じか」

「感覚としてはそうですね。目には見えているけれど存在しない、だから私の身体に触れることなく通り抜《ぬ》けていくといった形です」

「この『透過』はすごく強い。投擲《とうてき》した武器を透過させて、相手の肉体を通り抜けさせてから内部に傷を負わせたり、障壁《しょうへき》や結界の類も無効化できる。しかも相手からの攻撃を透過させちゃえば、棒立ちの状態でも理論上は全部回避できる」

少しだけエルリアが興奮した様子で力説してくれる。

確かに攻撃面では全ての防護を貫通《かんつう》する一撃《いちげき》に等しく、防御面《ぼうぎょ》においては全ての攻撃を透過させて回避できるという鉄壁《てっぺき》の魔法だと言えるだろう。

「ですが……『透過』が行えるのは三秒が限界です。その時間を過ぎると魔法が解除されるため、防御面の運用は現実的ではありません」

「まぁ身体を通過している最中に三秒が過ぎて解除されたら、そのまま身体の中に残って下手したら死ぬ可能性もあるからな。常用するのは厳しいところだ」

「うん。だから能動的に魔法を使って、魔法が解除される間隔《かんかく》とか秒数を正確に覚えるのが一番有効活用できると思った。それで緊急回避《きんきゅうかいひ》としても使えるようになると思う」

説明を終えたところで、エルリアは魔装具を展開させて地面に向かって突《つ》き立てる。

そしてゆっくり魔装具を引き上げると、地中から引き上げられるようにしてシェフリがひょっこりと顔を覗《のぞ》かせた。

そのままキャンと一鳴きしてから、エルリアの周囲をぐるぐると回り始める。

「よかったね、シェフリ。ヴァルクが遊んでくれるって」

「わんっ！」

「これは……とても可愛《かわい》らしい子ですね」

駆《か》け回っているシェフリの姿を見て、ヴァルクが安堵《あんど》したように口角を緩ませる。

シェフリも見つめているヴァルクのことを遊び相手と認識《にんしき》したのか、足元をぐるぐると回ってから催促するように足元にくっついていた。

「ふふっ、とても元気な子ですね」

「うん。すごく元気で大変だから、がんばって」

「お任せください。この程度のことなら完璧《かんぺき》にこなしてみせましょう」

「それじゃ……はい、いつもシェフリが遊んでるボール」

自信満々に答えたヴァルクに、エルリアは手のひらに載る球状の魔具を手渡《てわた》す。

「これを透過させて、シェフリに奪《うば》われないようにするのが訓練」

「ですが……この子の大きさだと私から奪い取るのは難し――」

そう言い終わるより早く、ヴァルクの手元からボールがぽーんと飛んでいった。

そのままシェフリは飛んでいったボールに向かい、がじがじと噛んで遊び始める。

「おや……これはシェフリさんの方が一枚上手だったようですね」

「ヴァルク、早くボールを回収した方がいい」

「そうですね。ここは訓練なので心を鬼《おに》にして――」

「そうじゃなくて、あのボールにはわたしの魔力がたっぷり入ってる」

「……その、魔力が入っていると何か問題があるのでしょうか？」

「シェフリは『魔喰狼』だから、魔力を食べると元気になる」

「…………え」

　シェフリの正体を聞いたことで、ヴァルクの表情が固まった。

　その直後、ボールで遊んでいたシェフリの身体に変化が生じた。

　ボールを噛む度にシェフリの肉体が少しずつ大きくなっていき、子犬のような容姿から成犬に近い大きさにまで達している。

「ボールを奪われると、シェフリが魔力を食べて大きくなるハードモード仕様になってる。それと遊び相手には甘噛《あまが》みで済ませるけど、大きくなりすぎたら腕は千切れる」

「シェフリさんストップッ!! それ以上噛んで大きくなったらダメですからねッッ!!」

　そうヴァルクが慌《あわ》てた様子で魔具を『透過』させ、シェフリから奪うように逃げ去る。

　それで遊んでもらえると思ったのか、シェフリは「うぉんっ！」と力強い鳴き声を上げ、ヴァルクの背中を全力で追いかけていった。

「わたし以外と遊んでもらえてシェフリも嬉しそう」

「ああ……これぞエルリア様の訓練って感じがしてきました……」

「大丈夫、ミリスの訓練にわたしは一切関与《いっさいかんよ》しない」

「本当ですかッ⁉　いやぁこれは私が一番の当たりを引いたと言っても過言では――」

「代わりまして、アルマ・カノス特級魔法士」

「どうしてここには最強レベルの人しかいないんですかッッ‼」

砂をだんだんと殴りながら打ちひしがれるミリスに対して、アルマが笑みを浮かべながらダァンッと魔装具を地面に打ち立てる。

「さぁーて、一人で浮かれて水着になってるアホ娘《むすめ》をボコボコに殴りますか」

「ひ、比喩《ひゆ》ですよね？　貧弱《ひんじゃく》な田舎娘《いなかむすめ》でしかない私に対して特級魔法士ともあろう方が全力でボコボコに殴ってくるとかしませんよねッ⁉」

「いや言葉通りボコボコに殴るんだけど」

「容赦《ようしゃ》という言葉が存在しない人たちッッッ‼」

「安心しなさい。あたしが直接ブン殴るってわけじゃないわよ」

そう告げた直後――広がったアルマの影《かげ》から墨色《すみいろ》の骨兵たちが這《は》い出てきた。

嗤《わら》うようにカタカタと骨を震《ふる》わせ、武装を打ち鳴らしながらミリスを取り囲んでいく。

「あんたの課題は専守防衛。あたしが作った《亡雄の旅団》たちに対して、ひたすら攻撃を耐え抜いてみせなさい」

「いや第十界層の魔法とかエルリア様でもやりませんよッ⁉」

「ちゃんとあんたに合わせて調整してあるわよ。それでも第五界層くらいの代物《しろもの》ではあるから、下手な防護や障壁だと簡単にブッ壊《こわ》して突破してくるわよ」

「ちなみに突破された場合はどうなりますかね……？」

「うちの奴《やつ》らが固い骨でボコボコに殴ってくるでしょうね」

「そんなの普通に痛いやつじゃないですかあああああああああああッッ‼」

ミリスが叫びながら駆け出すと、その姿を追って骨兵たちが物々しい音と共に駆け出していった。水着なので殴られた際の防御力《ぼうぎょりょく》は皆無《かいむ》と言っていいだろう。

そうして全員に課題を与えたところで、エルリアはぽすんと椅子《いす》に腰かけた。

「そして、わたしたちはみんなの姿を眺めながらのんびりする」

「水着でのんびりと他人の訓練を眺めるとか最高の贅沢《ぜいたく》ねー」

「これは終わった後が悲惨《ひさん》なことになりそうだなぁ……」

「まぁ死ぬほど危険ってわけじゃないから大丈夫でしょ。ファレグとウィゼルについてはルーカスが見てるから溺《おぼ》れるってことはないでしょうし、うちの骨たちも防護を突破した後はビンタする設定にしてあるもの」

「うん。シェフリについても強い力で噛めないように制限を掛けてある。ちゃんと緊張感を持って訓練してもらった方が身に付きやすい」

「なるほどな。そういや気になってたんだけど、追加メニューって何をやるんだ？」

「わたしの監修《かんしゅう》による実戦を想定した訓練」

「ほー、具体的には何をやるんだ？」

「人間は想定外の痛みを受けると思考が停止して動けなくなる。だけど、痛みの程度を理解しておけば『想定内の痛み』として思考や身体が止まることはなくなる」

「まぁ言わんとしていることは分かる」

「だから戦闘中に想定される痛みを魔法で再現して、何度も受けて慣れてもらう。気絶したら感覚遮断《しゃだん》して水を掛けて起こしてでも規定回数をこなしてもらう」

「エルリア、それは訓練じゃなくて拷問《ごうもん》だ」

「肉体的な負荷や傷を付けるわけじゃないから訓練の範疇《はんちゅう》」

何食わぬ顔でエルリアはふるふると首を振る。

「だけど、みんなが頑張《がんば》ったら一回で済ませてあげる予定」

「どちらにせよ一回は受けることになるんだな……」

「あたしは良い訓練だと思うわよ。想定外の負傷で平静や判断力を欠いたら魔法を暴発させる可能性もある。それが味方の魔法士を巻き込《こ》めば任務続行は困難、挙句に要救助者まで死傷させる事態になったら目も当てられないもの」

「ああ……確かに俺《おれ》もそこらへんは厳しく指導したなぁ」

さすがに訓練として経験を積ませたことはなかったが、負傷した際にパニックを起こさず平静を保つように厳命していた。そこは千年前と変わらないということだろう。

「まぁ閣下ものんびりしなさいよ。水着の美女二人と過ごせるんだから」

「へいへい。まぁ俺にできることもなさそうだし、今日はのんびりしておくか」

「うん。わたしたちの目的は調査だから、それまで体力を温存しておくべき」

こくこくと頷《うなず》きながら、エルリアがティーカップと菓子《かし》を並べていく。

そうして三人でのんびりと過ごす中、レイドが思い出したように顔を上げた。

「そういや、同行する特級魔法士の二人ってどんな奴らなんだ？」

「んー、まともな変人と元気なクソガキって感じかしらね？」

「またずいぶんな言われ様だな……」

「まぁ二人とも強いことは間違《まちが》いないわよ。特に変人の方……サヴァドについては学院に入ってからの戦績は無敗、最短の一年で魔法士に昇格《しょうかく》した後、レグネア大陸の東部に現れた超大型魔獣《ちょうおおがたまじゅう》『雷霞鳥』討滅戦《とうめつせん》に参加して半ば単独で討伐したことから、特級魔法士と同等の実力だと判断されて実務から三年で特級魔法士になった化け物よ」

「ほー、ちなみにアルマはどれくらいで特級魔法士になったんだ？」

「あたしは十八で魔法士になったから五年くらいかしらね。まぁ超大型魔獣自体が稀少《きしょう》というか、まだ詳細《しょうさい》が判明していない未開の大陸から渡《わた》って来ているって話だし、特級魔法士の条件を満たすには時期や運みたいなのが多少あるのよ」

だけど、とアルマは眉《まゆ》をひそめながら語る。

「それでもサヴァドの強さは特級魔法士の中でも別格かしらね」

「同じ特級魔法士から見ても段違《だんちが》いなのか？」

「そうね。特級魔法士にも得手不得手はあって、サヴァドの場合は複数体の魔獣《まじゅう》よりも大型や超大型との単独戦闘を得意としているけど……そもそもレグネア式の魔法を使っていて、対人戦闘で無敗の戦績を残したってのが異常なのよ」

「うん。それは本当にすごいと思う」

アルマの説明を聞いて、エルリアがふんふんと同意しながら補足を加える。

「前にも少し話したけど、レグネアの呪術《じゅじゅつ》を基にした魔法には『等価呪縛式《とうかじゅばくしき》』っていうのがある。魔法の強制解除を設ける代わりに魔法の効果や範囲《はんい》を限界以上に引き上げるっていう術式だから、魔獣戦では有効だけど対人戦闘には向かない場合が多い」

「そうね。魔獣なら弱点を正確に狙うなんてことはしないけど、魔法士なら魔法の解除条件が分かっているわけだし、本来は対人戦闘での戦績が落ちるものなのよ」

「だからレグネアの魔法士は全般的《ぜんぱんてき》な弱点である対人戦闘を重くみていて、ヴェガルタと違って今も近接戦闘に関する技術の研鑽《けんさん》が行われているって聞いた」

「そりゃ楽しみだな。ヴェガルタの近接戦闘も魔法のおかげで多彩《たさい》な戦法が取れて面白いが、純粋《じゅんすい》な近接戦闘の技術を継《つ》いできたなら千年前との違いが見られそうだ」

そう笑いながらレイドが言うと、アルマが思い出したように口を開いた。

「確かに閣下とサヴァドとは気が合うかもしれないわね。なんか戦い方が似てるというか、どっちも傍《はた》から見たらデタラメみたいな感じだから」

「変人と気が合うって言われると素直《すなお》に喜べないってのがなぁ……」

「まぁ変人といっても性格は普通というか、むしろ特級魔法士の中では穏《おだ》やかで接しやすい人なんだけど……見た目が変だから余計に変態っぽく見えるみたいな？」

「なるほどな。それでもう一人の方はどんな奴なんだ？」

「クソガキとしか言えないわね」

「お前はそいつに何か恨《うら》みでもあるのか」

「そりゃもう。あたしが三年前に特級魔法士になった時、『新人の特級魔法士は若くて胸がでかいのじゃ！』とか言って公衆の面前で胸を揉《も》んできたクソガキだもの」

「やってることがクソガキそのものじゃねぇか……」

「本当にねぇ……別に同性だから触《さわ》られたことは構わないんだけど、百歳超《こ》えてるくせに何してんだって思って反射的に頭をブッ叩《たた》いちゃったもの」

「公衆の面前で同僚《どうりょう》の頭をブッ叩いたお前も大概《たいがい》だろうよ」

そんな二人の因縁《いんねん》を聞いていた時、エルリアが小さく首を傾《かし》げた。

「……百歳を超えてるのに、子供なの？」

「そいつも獣人《じゅうじん》なのよ。しかも見た目だけじゃなくて言動も子供っぽいし、気分屋で後先考えないで行動するし、年齢《ねんれい》相応なのは年寄みたいな口調くらいじゃないかしら」

「見た目が子供で、年寄みたいな口調」

「あとはちょっと髪色《かみいろ》も変わってるというか、基本的には金色の髪《かみ》なんだけど所々に黒髪《くろかみ》が混じってるような感じで、耳も同じような色合いの縞模様《しまもよう》だったわね」

「金と黒でしましまの耳」

「それで名前は――」

「トトリ」

「……えっと、確かにトトリって名前だけど？」

「わたしが会った獣人の子が、トトリって名前だった」

「え、それじゃサヴァドも一緒《いっしょ》にいたの？」

「ん……わたしが見た限りだと一人だった。わたしたちが学院の生徒だって教えた後、すぐに急用ができたって言っていなくなっちゃったけど」

「お目付け役のサヴァドもいなくて、あいつが急用とかほざいたってことは――」

そう、アルマが表情を歪《ゆが》ませた時だった。

「――何やら、皆《みな》で楽しそうなことをしておるのう」

突如《とつじょ》として響いてきた声と共に、周囲の景色が一変した。

晴《は》れ渡っていた空を覆うように広がっていく黒雲。

それらが雷鳴《らいめい》と稲光《いなびかり》を伴《ともな》い、湖辺の周囲に暗がりを落としていく。

そんな轟《とどろ》く雷鳴に交じって、シャン、シャンと軽《かろ》やかな鈴《すず》の音が幾重《いくえ》にも響いてくる。

「――この《天雷妃《てんらいひ》》トトリも一緒に遊んでやろうぞっ‼」

溌剌《はつらつ》とした声音が響いた直後、黒雲から雷光《らいこう》が放たれた。

バチバチと爆《は》ぜるような音を発しながら、進むべき道を作り上げるようにレイドたちのいる湖辺に向かって伸《の》びる。

その雷道《らいどう》に乗って降りてくる、不敵な笑みを浮かべる少女。

天上に架《か》かった雷道に立ちながら、トトリが眼下にいるレイドたちに視線を向ける。

「ふふんっ、何やらヴェガルタの王都を騒《さわ》がせておる実力の高い若人《わこうど》たちがおるとのことじゃったが、学院生が特級魔法士を相手にしようなど笑止千万《しょうしせんばん》っ！　このわしがおぬしたちの本当の実力というものを見極《みきわ》めて――ぴゃんっ⁉」

そんな長々とした口上を述べていた時、トトリの身体が吹《ふ》っ飛ばされた。

具体的には、その背後に生成された墨色の骨腕によって殴《なぐ》り飛ばされていた。

そのまま殴り飛ばされた衝撃《しょうげき》で雷道の上をころころ転がっていき、レイドたちの前で顔面からずべーんと着地する。

「痛いのじゃ……っ！」

「そりゃ顔面から落ちたら痛いでしょうね」

「なぜ殴ったっ⁉　まだわしがカッコイイ演出の途中《とちゅう》だったじゃろうっ⁉」

「うっさいわ。せっかくの晴天を曇天《どんてん》に変えてんじゃないわよ」

涙目《なみだめ》で地面を叩くトトリに対して、アルマは呆《あき》れながら溜息《ためいき》をつく。

「どうせ突然《とつぜん》出てきて驚《おどろ》かせてやろうみたいな魂胆《こんたん》だったんでしょうけど、こっちに着いてるんだったら先に連絡《れんらく》くらい寄こしなさいよね」

「それだとみんな驚いてくれんじゃろっ⁉」

「いや誰《だれ》も驚くどころか聞いてすらいなかったけど」

「…………え」

その言葉を聞いて、トトリが再びレイドたちに視線を向けてくる。

「おー、前に護竜《ごりゅう》が雷を槍《やり》みたいにして飛ばしてきたけど、こんな道みたいに固定されている形は珍《めずら》しくて新鮮《しんせん》だな」

「レイド、気軽に触ってるけど普通だったら丸焦《まるこ》げになると思う」

「マジかよ。だけどエルリアも指先で突いてるじゃねぇか」

「わたしは手を百個くらいの魔法で防護してる。だけど興味深いから触ってみたかった」

「それで特級魔法士の魔法を防ぐあたり、お前も大概デタラメなことしてるよな」

そんな会話を交《か》わしながら、二人で楽しげに雷をツンツンと突いていた。

そして訓練を行っている面々も異変にこそ気づいていたが――

「おい待て魔装《まそう》技師ッ‼　なんか湖辺の方で異変が起こっているみたいだぞッ⁉」

「ハハハハッ！　そんな稚拙《ちせつ》な手に引っ掛かると思うかヴェルミナン卿ッ‼　たとえ緊急《きんきゅう》事態でもレイドたちが対処すると信頼してオレは全力で勝ちに行くッッ‼」

「坊《ぼ》っちゃん余所見《よそみ》してる余裕ないっすよッ‼　この調子だと俺たちが負けて仲良く追加メニューで地獄行きっすからねッ⁉」

「ああッ……シェフリさん、あなたはどこまで大きくなるんですか……ッ!?」

「よっしゃーいッ!! 骨の強さだったら田舎《いなか》で毎日搾《しぼ》りたての牛乳を飲み続けてきた私の方が強いに決まってるでしょうがーいッッ!!」

なんかもうドタバタしすぎて、まったくトトリのことなど気にしていなかった。

唖然《あぜん》としているトトリに対して、アルマは満面の笑みと共にコキコキと肩を鳴らす。

「さて——ヴェルミナン家が所有する土地に無断侵入《しんにゅう》、非武装のあたしたちに対して事前警告もなく魔法を使用、そんな悪い奴にはおしおきが必要よねぇ……?」

「ま、待てっ！　ちょっとしたイタズラ心で安全には配慮《はいりょ》し——」

そんなトトリの言葉に耳を貸すことなく、アルマは渾身《こんしん》のゲンコツを叩き落とした。

◇

「——痛い、痛いのじゃぁ……!!」

エルリアの膝《ひざ》の上で、トトリはえぐえぐと泣きじゃくっていた。

「うぅ……ちょっとした出来心で驚かそうとしただけなのに、アルマは胸が大きいくせに懐《ふところ》は狭量《きょうりょう》だから本当に困るのじゃ……っ!!」

「そうね。あたし狭量だから何回でもブン殴れちゃうわ」

そうアルマが笑顔で拳《こぶし》を握《にぎ》ると、トトリが「ひうっ！」と妙《みょう》な鳴き声を発しながら小さな身体を丸めてエルリアに抱《だ》きつく。

そんなトトリを抱っこしながら、エルリアは優《やさ》しく頭を撫《な》で回していた。

「大丈夫、タンコブができてるけど軽傷」

「うぬぅ……エルリアは優しいのう……」

「もふもふには優しくせざるを得ない」

そう言いながら、エルリアはさりげなくピコピコ揺《ゆ》れる耳を撫で回していた。完全に動物扱《あつか》いだが、トトリも満足そうな表情で撫でられているので大丈夫だろう。

そうしてエルリアを味方につけたことで、トトリが少しだけ元気を取り戻《もど》す。

「まったく……せっかくわしが先日の件について詳細を聞きに来たというのに、いきなりゲンコツを落とされるとは思わなかったのじゃ」

「……先日の件っていうと、ルフス・ライラスに関することね？」

「うむ。おぬしらが見たという『紫黒《しこく》の魔力《まりょく》』についてじゃ」

そして、トトリは顔を上げながらエルリアに向かって尋《たず》ねる。

「念のために確認《かくにん》するが、それらは既知《きち》の魔力光とは異なる色彩《しきさい》だったのじゃな？」

「うん。わたしが間近で見たから間違いない」

「なるほどのう……確かにそれは妙な話じゃ。人間や生物が持つ魔力系統色は賢者《けんじゃ》が大別した六系統とされ、複数の系統を持つ場合でも混ざり合うことはないものじゃ」

魔法とは自身が持つ魔力を基軸《きじく》とし、魔装具を介《かい》して魔力色の変換を行って組み合わせることによって千差万別《せんさばんべつ》の能力と効果を発現する技術と言える。

言わばエルリアが用いる『加重乗算展開』という技術を簡略化し、魔装具という道具を介することによって汎用的《はんようてき》に扱えるようにしたものが『魔法』であると言える。

しかし、赤、青、緑、黄、白、黒……それらの魔力系統を混ぜ合わせるのではなく、一つずつ組み合わせて作り上げるものであるため、その魔力色が混ざり合うことはない。

そして複数の魔力系統を保有していても、その中で最も強く発現している系統が魔力光といった形で表れるため、決して『紫黒』という色にはならない。

「トトリは、レグネアで別の魔力色を見たことはある？」

「むぅ……わしも百年と少し生きておるが、六系統以外の魔力は見たことがないのう」

「本当に？」

そう、エルリアは珍しく食い下がるように問い掛《か》ける。

「わたしは、別系統の魔力色が存在するならレグネアだって考えてる」

「……ほう、それはどういった考えに基づいたものじゃ？」

「わたしたちの魔術《まじゅつ》と違って、レグネアの『呪術』は内的に作用するもの。魔力そのものを生み出している人間の肉体に作用しているから、何かしらの影響《えいきょう》を受けて魔力系統が変質する可能性はゼロじゃないと考えてる」

「ふむ、確かに言わんとしていることは理解できる。しかし内的作用を持つ『呪術』が原因であるならば、長い歴史の中で異なる魔力系統が発見されているはずじゃろうて」

「うん。そもそも使っていて身体に影響が出るなら術法として成立しないし、使っている魔力も自身が生成したものだから、影響があっても微々《びび》たるものでしかない。だからこそ魔術と同じように廃《すた》れることなく継承《けいしょう》されてきたんだと思う」

たとえ作用する内容は違っていても、その力を生み出しているのは当人が生成している魔力によって引き起こされるものだ。

その源が最初から自身の中に存在していて、呪術という方法によって変化を与えられたとしても、それらが魔力を変質させるほどに影響を及《およ》ぼすとは考えにくい。

だけど、とエルリアは言葉を続ける。

「――魔力を変質させることで、不老不死の肉体を得られるとしたら？」

そうエルリアが口にした瞬間《しゅんかん》、トトリの表情が僅《わず》かに変わった。

「その真偽《しんぎ》についてはともかく、『人とは異なる魔力を持つ』ことによって人間という器を超越《ちょうえつ》できると考える人はいるかもしれない」

「……その根拠《こんきょ》については？」

『獣憑《けものつ》き』という存在がレグネアにしかいないことが根拠として挙げられる。ヴェガルタでは生まれていない以上、間違いなく独自文化である呪術に起因している。そして『獣憑き』が稀少であること、魔力の変質した人間が確認されていないということは、現代では行われていない禁呪が原因だと推測できる。そうした過去の呪術によって肉体が変質した人間の子孫が呪術の内的作用に刺激《しげき》されて発現するのが『獣憑き』という存在。だからこそ先天的なものではなく、呪術を扱うようになる年齢付近で肉体の変質が起きる」

「おー、さすが魔法の話だと饒舌《じょうぜつ》だな」

「今のをほとんど一息で言えるのはすごいわね」

「魔法の話は大好きだからいっぱい話せる」

そう興奮気味にエルリアがふんふんと頷く。今までレグネアの呪術に詳しい人間と語る機会がなかったので余計に楽しいのだろう。

しかし、その推論を聞いてトトリは険しい表情を浮《う》かべる。

「……アルマ、この娘は何者じゃ？」

「強くて優秀《ゆうしゅう》な魔法大好きっ子よ」

「誤魔化《ごまか》さんでもよい。強大な魔法を扱えるだけなら才覚だけでも可能じゃが、今この娘が語って聞かせた見聞は一介《いっかい》の学生程度の知識ではない」

そう言いながら、トトリは頭を上げてエルリアに問い掛ける。

「エルリア、おぬしは何者じゃ？」

「わたしのことを教えたら、他にも色々と教えてくれる？」

「うむ。その正体を見定めて信用に値する人間であると判断すれば、レグネアの遍《あまね》く八百《やお》万《よろず》の神々に仕える身として、嘘偽《うそいつわ》りなく答えることを誓《ちか》おう」

神妙《しんみょう》な面持《おもも》ちを浮かべるトトリに対して、エルリアは小さく頷いてから答える。

「わたし、千年前に魔法を作った賢者さん」

「なーんじゃ同姓《どうせい》同名かと思ったら本物の賢者じゃったかーっ‼」

「うん、本物でした」

「…………え、それ本気で言っておるのか？」

「教えたらトトリも答えてくれるって言ったから」

平然と答えるエルリアを見て、トトリがぽかんと口を開けながら硬直《こうちょく》する。

「エルリアちゃんの言ってることは本当よ。正真正銘《しょうしんしょうめい》の賢者様」

「そこにいるレイドと一緒に転生して、今は人間の学院生やってる」

「…………転生じゃと?」

困惑《こんわく》しながら頭を振るトトリに対して、アルマは表情を改める。

「分かっているでしょうけど、この事については他言無用よ。少なくとも特級魔法士っていう立場のあんただから信用して話していることだから」

「分かっておるわい。それに賢者本人だとしたら、レグネアの機密である『獣憑き』の詳細について語った件についても納得《なっとく》じゃ」

「それじゃ、正解だった?」

「うむ。まさしくエルリアの語った通りじゃ。しかし『獣憑き』の起源などは機密となっているため、こちらについても他言無用で構わないかの」

「うん、約束する」

そう言って、エルリアはトトリの手を取って小指を絡《から》める。

「だけど、どうして機密になってるの?」

「そこはレグネアという国風というやつじゃ。『獣憑き』を神使として崇《あが》めておきながら、その者たちが過去に禁呪を用いたことがある犯罪者の血を引いていると知れ渡ったら、国の根幹について揺らぎかねないのでの」

そう答えてから、トトリは静かに頷いて表情を改める。

「そして先ほどは答えなかったが、異なる魔力色の記録についても存在しておる」

「……それは、わたしが見たような紫黒色の魔力？」

「いや……詳細な色合いまでは記載《きさい》されておらぬが、禁呪を用いた際に魔力が混ざり合うようにして色が変わるのじゃ」

そう、トトリは眼前に置かれているミルクティーを見つめながら答える。

「そうして禁呪によって混ざり合った魔力は、人の身では到達《とうたつ》できない神域からの力を引き出すことができる。それこそ人間の身では決して叶《かな》うことがない不老の肉体、死を迎《むか》えて魂《たましい》が消滅《しょうめつ》した者の蘇生《そせい》、そして――おぬしらの『転生』のようにな」

そこまで語ってから、トトリはエルリアに向かって尋ねる。

「念のために訊《き》くが、先ほど『獣憑き』について語って聞かせたのはおぬしの推論か？」

「うん。たくさんレグネアに関する本を読んで考えてみた」

「それなら安心じゃ。わしらの追っている者が偉大《いだい》な賢者であったなら、対処についても命懸《いのちが》けといったところじゃったからの」

「……追っている者って、それがヴェガルタに渡ってきた理由ってこと？」

「うむ。サヴァドはそちらの情報収集で別行動中というわけじゃ」

「特級魔法士が二人掛《が》かりで追ってるってことは、それだけ重大な事ってことか？」

今まで傍観《ぼうかん》していたレイドが尋ねると、トトリは小さく頷いてから答える。

「先日……レグネア西部にある皇宮《こうぐう》内の宝物庫から、禁呪について記された文献《ぶんけん》や書物の全てが奪われていると発覚した。わしらが追っているのはその犯人じゃ」

「……たかが侵入した賊《ぞく》を捕《つか》まえるために、特級魔法士二人も動員したってのか？」

「それが普通《ふつう》の賊であったなら、他の魔法士にも対処できたことじゃろうて」

だが、とトトリは言葉を続ける。

「その宝物庫だけでなく皇宮には魔具が幾重にも張り巡《めぐ》らされ、厳重に防護と結界が張られておった。しかし侵入が発覚したのは宝物庫の巡視《じゅんし》を行った時であり、その時に至るまで誰一人《だれひとり》として気づけなかったのじゃ」

「なるほどねぇ……確かに普通の魔法士には荷が重いわね。単独犯なら皇宮の警護を全て突破した手練《てだ》れ、組織的犯行だとしたら大規模な計画犯罪だもの」

魔法による犯罪は大小様々な形で存在している。

大半は魔法を使った盗難《とうなん》、強盗《ごうとう》、暴行といったもので、その多くは魔法について軽く心得があるといった程度でしかない。

しかし、中には元魔法士などが関与《かんよ》していた事件もある。

その場合は相手が魔装具を所有していると想定し、複数人の魔法士によって対処を行うのが通例となっている。

「幸いなことに死傷者はおらんかったが……厳重な警護下にあった皇宮への侵入、宝物庫に保管されていた禁呪関連の資料が流出した事態を重く見て、わしとサヴァドで調査するように命じられたというわけじゃ」

「……なるほどな。そりゃ俺たちにも興味深い話だ」

それと似たような話をレイドたちは知っている。

厳重な警備下の中、争った形跡《けいせき》なども一切《いっさい》ない。

それは――千年前、エルリアが亡《な》くなっていた時の状況《じょうきょう》と同じだ。

その二つに関連性があるかは分からないが、気に留《と》めておく必要がある。

そして……もう一つ、トトリの発言にも気になる点があった。

「そして、おぬしらから報告があった『先生』と呼ばれていた銀髪のエルフがいると聞いて、わしらもヴェガルタに渡って来たというわけじゃ」

「そいつが持ち出した禁呪を使ったかもしれないってことか」

「その先生と呼ばれていた人間と犯人が同一であればの話じゃが、可能性としては最も高いといったところじゃの。そして潜伏《せんぷく》先として『リビネア砂漠《さばく》』が挙がったわけじゃ」

「……俺たちが調査に行くところに潜伏してるってのか？」

「あの砂漠は複数の統治下にあるため容易に立ち入ることができない場所じゃ。しかし他者の目を盗《ぬす》む能力があるのならば、潜伏先としては申し分ないじゃろ？」

確かに多数の魔獣が生息している点を除けば、人目につくことなく潜伏できる場所だと言える。それも手練れの魔法士がいるのであれば魔獣の対処も可能だろう。

「だから調査の件についてはありがたい申し出だったのじゃ。この件についてはレグネアからの密命であるため公にできない。しかし正式な許可を取る時間もないのでの」

「そっちにとっても都合が良かったってことか」

「うむ。しかし……おぬしらがリビネア砂漠の調査に赴《おもむ》く理由はなんじゃ？　これだけ手を回している以上、何かしら確信があって選んだということじゃろう？」

「さっきも言ったが、俺も千年前から転生してきた人間でな。リビネア砂漠の遺跡《いせき》ってのが俺の所属していた国の跡地《あとち》なんだよ」

「うん？　当時はヴェガルタではなかったということかの？」

「ああ。当時はアルテインっていう別の国だったんだよ」

「ほほう、それは興味深いっ！　過去の資料には『西方大陸の国』の話も出てきておったのじゃが、なぜか魔法《まほう》に関する記述が無くて妙だと思っていたのじゃっ！」

「あー、アルテインには魔法どころか魔術って文化すら無かったからな。しかも俺たちの方からレグネアに渡るってこともなかったし、そっちから見ると不自然というか何も情報を得る機会がなかったわけか」

「うむうむっ！　おぬしの話も聞かせてくれんかっ！」

レイドの話に興味を引かれたのか、トトリが目を輝《かがや》かせながら尻尾《しっぽ》を振《ふ》る。まるで昔話をねだる子供のような様子だ。

「それこそ千年前のことなど、我らが大国主様しか知らんことじゃからのっ！」

「………………大国主様？」

「レグネアにおける最高位の君主号じゃ。既《すで》に数百年前から実務を離《はな》れて内政は各民族をまとめる国主たちが担《にな》っておるが、千年前にレグネアが滅《ほろ》びかけた時に異国の地から荒神《こうじん》様を連れて災厄《さいやく》を鎮《しず》め、その後レグネアをまとめ復興させた伝説的な御方《おかた》じゃぞっ！」

そう語りながら、トトリがむふんと誇《ほこ》らしげに胸を張る。

しかし、その話を聞いてレイドは眉をひそめる。

「もしかして、その大国主様ってのは今も生きてるのか？」

「うむっ！　わしも特級魔法士となって実際に面通りするまでは存在を疑っておったが、今も皇宮でのんびり健《すこ》やかに過ごされておるぞ」

「ちなみに大国主様って女性か？」

「それはもう絶世の美女じゃ！　千年の月日が経《た》とうとも褪《あ》せない艶《あで》やかで夜闇《やあん》のような美しい黒髪っ！　その中で燦然《さんぜん》と輝く紅玉の瞳《ひとみ》っ！　常に清楚《せいそ》で淑《しと》やかな物腰《ものごし》であったことから見目麗《みめうるわ》しき者は『美振撫子《みふるなでしこ》』と呼ばれたくらいじゃからのっ！」

「そして『獣憑き』でもあると」

「艶やかな黒髪と同じ色をした狐耳《きつねみみ》の御方じゃなっ！」

「で、異国の地から荒神を連れて来てレグネアの災厄を鎮めたと」

「その通りじゃっ！　レグネアを救うために自らの命を捨てる覚悟《かくご》で西方の海に乗り出し、そこで出会った荒神様に助けを求めて災厄を鎮めたのじゃっ！」

「それで荒神様とやらはミフルって女の子に頼《たの》まれて、海を渡ってレグネアに辿《たど》り着いて、八つ首の竜みたいなバケモノを討伐《とうばつ》して元の地に戻っていったと」

「……うん？　どうしておぬしは災厄が八つ首であることを知っておるのじゃ？　それらは『獣憑き』に関連した話として公にはされておらんことじゃぞ？」

きょとんと首を傾げるトトリとは対照的に、レイドは悩《なや》ましげに眉間《みけん》のシワを伸ばす。

そして——

「——その荒神様って、たぶん俺のことだな」

そう告げたことで、トトリはあんぐりと口を開いたまま動かなくなった。

◇

陽が暮れ始めて周囲の山々や湖面が茜色《あかねいろ》に染まった頃《ころ》。

レイドたちはそのまま湖辺で夕食の準備を行っていた。

というより、それしか選択肢《せんたくし》が無かったというのが正しい。

「すみません……本来なら、夕食の準備は私とルーカスで行う予定でしたのに……」

「もう、体力の限界まで搾り切った感じっす……ッ」

二人が疲《つか》れ果てた表情を浮かべ、ヴァルクは姿勢に構うことなく地面に座《すわ》り込んでおり、ルーカスに至っては四肢《しし》を放り出して横たわっている状態だ。

しかし、初めてエルリアの訓練を受ければ当然というものだ。

エルリアの訓練は技術や肉体だけでなく、精神面にも大きく負荷《ふか》を掛ける。

ヴァルクは常にシェフリという凶悪《きょうあく》な魔獣の牙《きば》が襲《おそ》い掛かってくる状況で、ルーカスの場合は自分自身ではなく他者を補助するという状況だった。後者は肉体的負担こそ少ないが、自身の失敗によって補助対象を危険に晒《さら》すという精神的負担は大きいものだった。

だからこそルーカスについては魔力切れを起こして倒《たお》れるという状態にまで至っており、ヴァルクの方は比《ひ》較《かく》的には余力があるように見える。ただしシェフリに気に入られたようで、ヴァルクは今も小さいシェフリにがじがじと噛《か》まれている状況だ。

そして何よりも辛《つら》かったであろうものが――

「ははは……ヴァルク、追加メニューはどうだったんすか……？」

「私は魔獣の牙や爪《つめ》で腕《うで》や足を千切られた際の痛みを体験しました……」

「俺は重度の火傷《やけど》と凍傷《とうしょう》、それを麻《ま》酔《すい》無しで処置するという地《じ》獄《ごく》だったっすよ……」

エルリアの追加メニューを体験したことによって、二人が虚《うつ》ろな目で空を見上げていた。

どれも実際に起こりそうな事態であるのが生々しい。

そんな二人に対して、エルリアは静かに頷く。

「だけど、実際に知っておけば二度と受けたくないと考えて慎重《しんちょう》に行動できるし、逆に耐《た》えられると分かったら自分の取れる行動を増やすことができる。そういった極限状態に陥《おちい》っても、最善の判断と行動が取れるようになって欲《ほ》しい」

「「はい……ありがとうございます……」」

疲《ひ》労《ろう》感に満ちながらも、二人は可能な限り声を出して返事をする。

「まぁ夕食は俺たちに任せて休んでおけ。動いた後にはとにかく飯だ」

そう言いながら――レイドは鉄板で肉と野菜を焼き続けていた。

肉汁《にくじゅう》と油の跳《は》ねる音が静かな湖辺の中に響《ひび》き、上質な肉の香りを漂《ただよ》わせている。

これらは元々別荘《べっそう》に用意されていた食材であり、他の面々が動けなくなることを見越《みこ》してレイドたちが事前に運《はこ》び込んでおいたものだ。

「うぁぁ……この濃《こ》い目《め》の味付けは疲れた身体に染《し》み渡りますねぇぇぇ……」

「ああ。しかも勝利した上で味わう食事は格別というものだ」

レイドに手渡《てわた》された肉を食べながら、ミリスとウィゼルが舌鼓《したつづみ》を打つ。こちらの二人は以前からエルリアの訓練を受けていることもあって余裕《よゆう》がありそうだ。

そんな時、ミリスがふと気づいたように顔を上げた。

「あ、トトリさん飲み物とかいります？　ジュースとかありますよ」

「うむっ！　いただくのじゃっ！」

「いやぁ……それにしてもトトリさん特級魔法士だったんですねー。てっきり名前が同じ人とか、レグネアではよくある名前なのかと思っていたもので」

「だから、わしはカッコいい再会を演出したというのに……っ！」

「すみません、骨密度の高い奴《やつ》らと戦っていて気づきませんでした……」

しょんぼりと耳をたたんだトトリに対して、ミリスは苦笑《くしょう》しながら頭を撫でる。

そんな和気藹々《わきあいあい》とした雰囲気《ふんいき》の中で――

「身体がッ……動かない……ッ‼」

ファレグは地面に転がったまま身体を痙攣《けいれん》させていた。

「そりゃ魔力消費の多い移動方法で水上を走ってたらブッ倒れるだろ」

「お前の嫁《よめ》がやれと指示したんだろうッ⁉」

「嫁じゃなくて婚約者《こんやくしゃ》だ。だけど俺から見ても、お前の魔法を使った機動力については欠点があると思っていたところだったんだよ」

ファレグに対して、レイドは自身の経験によって積み重ねてきた独自の剣術《けんじゅつ》を教えているが、それらは全てレイドの異常な身体能力に基づいているものだ。

足りない腕力《わんりょく》を炎剣《えんけん》から放たれる噴炎《ふんえん》によって補い、人の身を外れた速度を出すために爆風《ばくふう》によって加速するという手段を取っているが、当然ながら魔力が尽《つ》きれば動きを再現できなくなるどころか、今のように動けなくなってしまう。制限時間付きの強化だ。

「だから自分の魔力管理を今まで以上に正確にする必要がある。使った魔力に応じて、どれくらいの距離《きょり》が出て、どこまで速度が出せるのか……それを距離についてはミリ単位、時間についてはコンマ一秒まで把握《はあく》できるようになるのが目標だ」

「……お前はできるのか？」

「そりゃな。だけどお前は妙に真面目で几帳面《きちょうめん》なところがあるし、短期間でも一定のところまで把握できるはずだ。総合試験までは可能な限り精度を上げていけ」

「……分かった、お前にできて僕《ぼく》にできないのは癪《しゃく》だからな」

「おう。期待しておくから頑張《がんば》れよ」

そう言って、倒れているファレグに向かってレイドは笑い掛ける。

そんな時、エルリアがちょんちょんと服を引っ張ってきた。

「レイド、焼いてばっかりで全然食べてない」

「ん？　ああ、俺は別に後で食べるから構わないぞ」

「でも、焼きたての方がおいしい」

「そりゃそうだけど、放置したら高い肉が焦げてダメになっちまうし、水着のお前たちだと火の粉とか油とか跳ねたら危ないだろ」

陽が暮れても気候が穏やかなので気温が変わらなかったのと、エルリアとアルマの二人は訓練中の監督《かんとく》を行っていたので今も水着のまま夕食に参加している。

そして、アルマについては訓練が終わって夕食の準備に取り掛かったところで――

「――閣下ぁーっ！　あてしもお肉ぅーっ！」

顔を赤らめ、呂律《ろれつ》の回らない様子で酒瓶《さかびん》を掲《かか》げていた。

「ほらよ。だけどあんまり飲みすぎるなよ」

「らいじょーぶっ！　あと二本は飲めうっっ!!」

「飲むなって言ってるのに新しい酒を開けるんじゃねぇよ」

顔を赤くしながら、アルマがワインの栓《せん》をぽんっと開ける。

さすがヴェルミナン家といったところか、別荘に搬入《はんにゅう》されていた食材だけでなく東部の地酒やワイン類も高価な物が揃《そろ》っており、めったに飲める物じゃないからとアルマが夕食前に酒盛りを始め、今ではすっかり出来上がってしまっている状態だ。

「アルマもこんな感じだし、俺《おれ》しか調理に回れる奴がいないから気にせず食っておけ」

「ん……それじゃ、はい」

そう言って、エルリアがふーふーと肉を冷ましてからフォークを差し出してくる。

「わたしが食べさせてあげれば解決」

「あいよ。あんまり火には近づきすぎないように注意しろよ」

差し出されたフォークを口に含《ふく》むと、ほのかに甘《あま》い肉汁が口の中に広がる。

「おー、やっぱ高いだけあって違《ちが》いが分かるくらい美味《うま》いな」

「もっとふーふーした方がいい？」

「適当に放《ほう》り込《こ》んでくれりゃ大丈夫《だいじょうぶ》だ。俺は猫舌《ねこじた》ってほどじゃないしな」

「それなら、控《ひか》えめにふーふーする」

ふんふんと頷《うなず》いてから、エルリアは冷ます回数を減らして肉を口元に運んでくる。

「なんだか、レイドに餌付《えづ》けしてるみたいで楽しい」

「餌付けって……いや俺もお前のこと猫《ねこ》やら小動物扱いしてるからお互《たが》いさまか」

「うん。だから素直に餌付けされて欲しい」

そう笑いながらレイドに肉を運んでくる。

そうして、二人が普段《ふだん》通りのやり取りをしていた時だった。

「あー、閣下とエルリアちゃんが間接キスしてうーっ！」

そうアルマが笑いながら口にした瞬間、エルリアの手がぴたりと止まった。

「お前なぁ……今時子供でもそんなこと言わないぞ」

「だったら二人とも仲良いんだから普通にキスしちゃえーぃッ‼」

「もう面倒《めんどう》だから静かにしておけ酔《よ》っ払《ぱら》い」

そう言ってアルマの手から酒瓶を奪《うば》い取り、レイドは一息で中身を空ける。

「にゃははっ！　あてしも閣下と間接キッスぅーっ！」

「へいへいよかったな。酒も無くなったんだから水飲んでおけ……よ？」

空になった酒瓶をアルマに渡《わた》していた時、ふと背後から何かを感じ取った。

「…………………」

エルリアがじぃーっとこちらを見つめていた。

そして、再び口元に肉を運んでくる。

「………ん」

「あー、俺も結構食ったし、そろそろエルリアも――」

「ん」

レイドの言葉が終わる前に、ずいっと肉が差し出されてきた。

表情こそ変わっていないが、何か圧のようなものを感じる。

そんなエルリアの圧に負けて……レイドは再び差し出された肉を頬張《ほおば》った。

その様子をじっと見つめてから、エルリアも皿に載っていた肉を口に運ぶ。

「………うん、おいしい」

そう、小さく頷いてからエルリアは嬉《うれ》しそうに笑う。

そんなエルリアの横顔を眺《なが》めていた時、ミリスが深々と溜息をついた。

「はぁ……それにしても、日暮れまで掛かっちゃって全然遊べませんでしたねぇ……」

「いまだに遊ぶ気満々なのがすげぇよ」

「そうじゃないと私は水着になって骨をシバキ回しただけで終わるんですよッ!!」

そうミリスが不満げに頬《ほお》を膨《ふく》らませながら言う。魔法の能力に制限が掛かっていたとはいえ、特級魔法士の魔法を全て捌《さば》き切ったのだから満足すればいいだろうに。

その言葉を聞いて、トトリがぴくんと耳を立てた。

「ふむふむ、それなら『怪談《かいだん》』なんてどうじゃ？」

「なんかそれ聞いたことありますっ！　確かレグネアだと夜中にみんなで集まって、一人ずつ怖《こわ》い話をするっていう遊びがあるんですよね？」

「うむ。古今東西百物語と言って、恐怖体験《きょうふ》や幽霊《ゆうれい》といった話を持ち寄るものじゃの」

そう言って、トトリはぴょんと自信満々に立ち上がる。

そしてパチンと指を鳴らすと、周囲が黒雲に包まれて暗がりが深まっていく。

「それでは――不肖《ふしょう》ながら、このトトリがレグネアに伝わる怪談を語ろう」

トトリが声音《こわね》を下げながら告げた直後、その周囲に小さな火が浮かんだ。

「これは……レグネアにある小さな村で実際に起こった話じゃ」

その場にいる面々の顔を眺め、声に調子を付けながら語っていく。

「その村には、決して入ってはいけない場所というものがあった。その山の中には『鬼《おに》』と呼ばれる、人間の怨念《おんねん》が寄り集まった怪物《かいぶつ》が棲《す》んでいて、その場所に足を踏《ふ》み入れたら八《や》つ裂《ざ》きにされて喰《く》われると言われておったのじゃよ」

「ハッ……そ、そんな化け物がいるわけないだろう？」

そうファレグが声を上擦《うわず》らせると、トトリがぐるりと首を回して視線を向ける。

「ああ……まさしく小僧《こぞう》の言う通りじゃ。そんなものは迷信《めいしん》だと誰もが口にしていた。だからこそ……村の子供たちは、実際に確かめてみようと山の中に入ったのじゃ」

その言葉にファレグが喉《のど》を鳴らす中、トトリは静かに言葉を続ける。

「最初は子供たちも楽しんでおった。鬼なんていうものは大人たちが考えた作り話で、子供たちだけで山に入らないように戒《いまし》める話としか思っていなかった」

だが、とトトリは言葉を切ってから――

「――不意に、山の中でシャン、シャン……と鈴《すず》の音が聞こえてきた。子供たちは大人たちが自分たちを探しに来て、魔獣《まじゅう》避《よ》けの鈴を鳴らしていると思ったそうじゃ」

「ち、違ったのか……？」

「ああ……音は鳴っているのに、周囲には人影《ひとかげ》さえも見当たらない。そして徐々《じょじょ》に音が近づいてくるというのに、その音の主は一向に姿を見せなかった。そこでようやく――子供たちは、それが『人ではない存在』が鳴らしている音だと気づいた。それも自分たちがいるところに少しずつ近づいてきていると理解してしまった」

そう、ファレグから目を逸《そ》らすことなくトトリは言う。

「そして……パニックになった子供たちの一人が、一緒《いっしょ》にいた少女の背中を突《つ》き飛ばして逃《に》げ出した。その子は村の中でも立場が低い子で、突き飛ばした子は村長の息子《むすこ》じゃった。そうして女の子を囮《おとり》にして、自分たちは逃げようと考えたわけじゃよ」

「そ、それで子供たちは逃げられたのか？」

「ああ……子供たちは無事に村へと帰ることができて、しばらくしてから突き飛ばされた女の子も村に戻ってきたそうじゃ」

「なんだ、それなら結局何もなかっ――」

「そして翌日、山に入った子供の一人が死体となって見つかった」

「…………え」

「その子は深い谷底に落ちて、まるで八つ裂きにされたように見るも無残な姿に変わり果 てておった。その子供は両親に向かって『鈴の音が聞こえてくる』と怯《おび》えながら語り、何かから逃げるようにして谷底に身を投じたように見えたそうじゃ」

青ざめていくファレグとは対照的に、トトリはどこまでも淡々《たんたん》とした表情で語る。

「そして次の日も、また次の日も……山に入った子供たちは見えない何かから逃げるようにして谷底に自ら身を投じていった。最後に残った村長の息子も『鈴の音が止まらない』と耳を塞《ふさ》ぎながら泣き叫《さけ》び……家から飛び出して同じ崖《がけ》に身を投じたそうじゃ」

「だ、誰《だれ》も生き残らなかったのか……？」

「いいや……ただ一人、突き飛ばされた少女だけは生き残ったそうじゃ。しかし少女は子供たちの死を悲しむ村人たちに向かって笑いながら告げた」

そう、口元に笑《え》みを浮かべてから——

「——わたしと違って『鬼』を信じなかった奴らが悪い、とな」

そう告げてから、トトリは震《ふる》えているファレグに向かって語り掛ける。

「さて小僧……この話には続きがあるのじゃよ」

「つ、続きって……？」

「この話を聞いた者は……その鈴の音が聞こえるようになるのじゃ。だから、その時には先ほどのようなことを言ってはならんぞ」

ファレグから目を逸らすことなく、トトリは口が裂《さ》けるようにして笑う。

「信仰《しんこう》に欠ける者には……『鬼』が鈴を鳴らしながら追いかけてくるのでな」

そして、トトリは静かに息を吹《ふ》いて浮かんでいた火の玉を消し飛ばした。

それによって、周囲の闇が深まった直後——

「僕は呪《のろ》われるのかああああああああああああああああっっ⁉」

「ファレグの坊主《ぼうず》が一番楽しそうだな」

「僕のどこが楽しんでいるように見えるッ⁉　この話を聞いた者のところに『鬼』が来るのなら、僕たちのところにも来るはずだろうッ⁉」

そうファレグが青ざめた表情で周囲を見回し始める。先ほどまで動けなかった身体を一《いっ》瞬《しゅん》で跳ね起こしたあたり、ファレグにとっては恐《おそ》ろしいと感じた話だったようだ。

「いやぁ、トトリさんの語り方が雰囲気あってよかったですねー」

「ふむ……幽霊話はオレたち魔《ま》装《そう》技師の中にもあったりするが、やはり地域が違うせいか毛色も違っていて新鮮《しんせん》なものだな」

話を聞き終えたところで、ミリスとウィゼルが何度か頷いてみせる。

そもそも怪談とは内容の真偽にかかわらず雰囲気を楽しむものであり、その内容については大概《たいがい》が創作の類だ。

だからファレグのように、内容を信じる人間は少数派だと思っていたが――

「……………………」

「聞こえない……あたしは何も聞こえない……っ！」

かつての賢者と酔っ払い特級魔法士が、レイドに抱《だ》きつきながら身体を震わせていた。

「……いや、なんでお前らがそこまで怖がってるんだよ？」

「わたしの魔法理論が正しければ魂は確かに存在しているから……幽霊に関する話についても逆説的に全て真実ということになる……」

「幽霊とか魔法で干渉《かんしょう》できるか分からない相手とか戦えないじゃないの……っ！」

「怖がっている理由がお前たちらしくて俺は安心したぞ」

超大型魔獣《ちょうおおがたまじゅう》さえ屠《ほふ》る二人が幽霊に対して恐怖するとは変な話だが、人間は未知の存在に対して恐怖を抱くものだと聞いたことがあるので、まぁたぶんそんな感じだろう。

そんな幽霊より恐ろしいはずの二人に左右から抱きつかれながら、創作の一種だと教えて宥《なだ》めてやろうとした時――

――シャン、と鈴の音が響き渡った。

「ひぃッ！　お、お前たち今の音を聞いたかッ⁉」

「なんか……鈴みたいな音だったっすよね？」

「ですが、この周辺は魔獣避けとヴェルミナン家の敷地《しきち》であることを示すために結界が張られています。おそらく他者が迷《まよ》い込むようなことはないはずですが……」

そうルーカスとヴァルクが怪訝《けげん》そうに顔を見合わせた時、どこからともなく何度も鈴のような音が聞こえてくる。

その音を明確に聞いたせいで、エルリアとアルマがびくりと身体を竦《すく》ませた。

「これは幻聴《げんちょう》、幻覚《げんかく》の類の魔法だと考えたら対処魔法は複数ある。だけど相手が霊魂《れいこん》という不確定の要素を持つ存在だと考えると別方向からのアプローチで対処を――」

「うぅ……聞こえない、あたしには耳栓《みみせん》があるから聞こえない……っ！」

「落ち着けエルリア。それとアルマ、お前が持ってるのは耳栓じゃなくて酒瓶だ」

怯えた拍子《ひょうし》に新理論を作り出そうとする賢者《けんじゃ》と、両手に酒瓶を持って耳に当てている間《ま》抜《ぬ》けな酔っ払いはさておき、何かしら妙《みょう》な気配があるのはレイドも感じ取っている。

だからこそ、その音と気配の主を辿ったところで――

暗がりの中に、人面が浮かんでいるのを見つけた。

目元を覆《おお》っている、不可思議な形をした純白の半面。

その人面が林の中でレイドたちの様子を窺《うかが》うように見つめている。

そして――暗闇《くらやみ》に浮かぶ人面が一歩踏み出した時、シャンと鈴の音が鳴った。

そんなレイドの視線を全員追い、夜闇に浮かぶ人面を目撃《もくげき》して息を呑《の》む。

「え……え？　本当に鬼なんですかっ⁉」

「……そんなまさか。実在していたとしてもあり得るはずがないだろう？」

「おいやめろ魔装技師ッ！　そんなこと言って呪われたらどうするッ⁉」

他の面々が騒《さわ》ぎ立てる中、浮かんでいる人面は鈴の音と共に近づいてくる。

近づいてくる人面が纏《まと》っている異様な雰囲気。

だからこそ、その挙動を見逃《みのが》さないようにレイドは静かに見据《みす》える。

やがて、人面が林を抜《ぬ》けたことによって全貌《ぜんぼう》が露《あら》わになった。

それは半面を身に着けた男だった。

夜闇に沈《しず》んだ深緑に溶《と》け込んでいる、淡《あわ》く緑掛《が》かった黒髪《くろかみ》。

遠目からも見て取れる長身。

しかし、その一挙手一投足には一切の無駄《むだ》や隙《すき》がない。

音もなく草を踏む動きだけ見ても、鍛《きた》えられて洗練された動きであることが窺える。

その肩《かた》に担《かつ》がれた、柄《え》の長い大きな金砕棒を扱《あつか》うに相応《ふさわ》しい手腕《しゅわん》。

そんなレイドの視線に気づいたのか、男はシャンと鈴の音を立てて足を止める。

こちらからは窺うことができない……半面の奥《おく》に隠《かく》された眼によって見定め、対峙《たいじ》するように顔を向けている。

そして、半面の男はおもむろに金砕棒《かなさいぼう》を振り上げ――

『ドッキリ大成功』と書かれた紙を掲げて見せた。

「……………は？」

「おおーっ！　素晴《すば》らしい演出じゃったぞっ！」

首を傾《かし》げるレイドを置いて、トトリがぱたぱたと半面の男に駆《か》け寄る。

そんなトトリの様子を見て、半面の男が口元に笑みを浮かべながら頷いた。

「こんな感じでよかったかな、トトリさん」

「うむっ！　ばっちりアルマが怯えておったのじゃっ！」

「えぇ……僕と何度も会っているんだし、そんなに怯えられると傷つくなぁ」

「アルマが唯一《ゆいいつ》苦手なのが怪談じゃからのうっ！　就任式のパーティで余興として語って聞かせた時も一人だけ怯えておったし、一泡《ひとあわ》吹《ふ》かせるには最適だと思ったのでなっ！」

「そんなことしてるから毎回アルマさんに怒《おこ》られるんだよ……」

「何を言うかっ！　いつも最初に子供とバカにしてくるのはアルマの方じゃぞっ！」

半面の男と親しげに会話しながら、トトリは頬を膨らませてぷりぷりと怒る。

その姿を見て、正気を取り戻《もど》したアルマが半面の男を指さす。

「あーっ！　出たわね、この変態ロリコン仮面っ!!」

「アルマさん、久しぶりに会った知人を即座《そくざ》に罵倒《ばとう》するのはやめようね」

「うっさいわっ！　ただでさえ見た目が変人なのに気配まで消すんじゃないわよっ!!」

「だって特級魔法士のアルマさんを欺《あざむ》くためには完全に隠形《おんぎょう》をしないとダメだったからさ。もっとも……そこにいる彼《かれ》にはすぐに気づかれちゃったみたいだけどね」

そう言って、半面の男は笑みを浮《う》かべながらレイドたちに向き直る。

「初対面の君たちまで驚《おどろ》かせちゃって悪かったね。どうしてもトトリさんがアルマさんのことを驚かせたかったみたいだからさ」

そう申し訳なさそうに苦笑しながら、半面の男は穏《おだ》やかな口調で名乗る。

「僕はサヴァド、レグネアを担当している特級魔法士で――」

「そしてわしの婿殿《むこどの》じゃっ!!」

そう、隣《となり》に立つトトリが言葉を被《かぶ》せながら告げた。

◇

夕食の片付けを終えたところで、レイドたちは用意された部屋で休息を取っていた。

「——おぉーっ！　ベッドがふかふかなのじゃーっ！」

トトリがぼふんとベッドに飛び込み、その感触《かんしょく》を味わうように転がり回る。

そんな様子を眺めながら、サヴァドが申し訳なさそうに頭を下げた。

「いやぁ……すまないね、部外者の僕たちまで泊《と》めてもらうことになっちゃって」

「礼ならファレグの坊主に言ってやってくれ。それに明日にはリビネア砂漠に向かうわけだし、自己紹介《じこしょうかい》以外にも色々と話しておくことがあるだろうからな」

「うん、そうだね。アルマさんは酔い潰《つぶ》れて寝《ね》ちゃったし、僕たちの方で話をまとめて移動中に話した方が滞《とどこお》りなく進みそうだ」

そうサヴァドが口元に笑みを浮かべながら頷く。見た目こそ半面のせいで奇妙《きみょう》に映るが、アルマが言っていたように常識人のようだ。

「とりあえず先に自己紹介すると、俺とエルリアは千年前から現代に転生してきた人間だ。エルリアは魔法の創始者である『賢者』、それで俺は『英雄《えいゆう》』……史実には残っていない者だけど、レグネアでは荒神様って名前で伝わっているそうでな」

「……それは本当かい？」

「うむ。エルリアについては秘匿《ひとく》されている『獣憑《けものつ》き』の成り立ちを言い当て、そこにいるレイドについては千年前に起こった災厄が八つ首の竜《りゅう》によってもたらされたことを言い当ておった。少なくともレグネアから縁遠《えんどお》い者たちでは知り得ない内容じゃ」

「なるほど、そうトトリさんが判断したなら間違《まちが》いないね」

「まだ分からないことも多いから、俺たちの素性《すじょう》を知る人間は限られている。だから敬語もいらないし、俺たちは『レイド』と『エルリア』っていう学生として扱ってくれ」

「分かった。ある程度の事情は呑《の》み込めたし、先に聞いておきたいんだけど――」

言葉を途中《とちゅう》で切ってから、サヴァドは軽く首を傾《かたむ》ける。

「……どうして、そちらのエルリアさんはレイドくんの背中に隠れているんだい？」

「人見知りと初対面の印象が最悪だったのと、まだ怖くて警戒《けいかい》中ってところだ」

レイドの背中に隠れながら、エルリアはシャツをぎゅーっと掴《つか》んでいた。

顔を覗《のぞ》かせてサヴァドを見ながら、いまだにぷるぷると身体を震わせている。

「鈴の音を聞いたら崖に飛び込みたくなる魔法の正体が分からない……っ！」

「ああ、僕が付けている鈴のことかい？　これはトトリさんが使っている魔装具の一部をもらったものだけど、魔具としての要素は何もないものだよ」

「うむっ！　わしらが夫婦《ふうふ》となった時に渡した特別な物じゃっ！」

「そんな特別な物を怪談に仕立てないで欲しいなぁ……」

そう苦笑しながら、サヴァドはトトリの頭をぽんぽんと撫《な》でる。こうして見ると夫婦というより、親子か兄妹《きょうだい》のようにしか見えない。

しかし『夫婦』という点が気になったのか、エルリアが少しだけ大きく顔を覗かせる。

「……『獣憑き』が結婚《けっこん》するっていうのは初めて聞いたかも」

「一般的《いっぱんてき》にはそうだね。なにせ『獣憑き』は不老の存在だから、最終的に片方が一人で取り残されてしまうことになるから」

人間の寿命《じゅみょう》は数十年、長くても百年程度でしかない。

しかし『獣憑き』は不老であり、傷病に気をつけていれば数百年の寿命を持つエルフよりも長く生きることになる。

もちろん『獣憑き』の人数自体が少ない、数百年の間に一度も病に罹《かか》らず事故による怪《け》我《が》もないことは稀《まれ》だろうが、トトリの話では千年前に助けた少女は今も生き続けている。

夫婦になるほど互いに想《おも》い合っているのであれば……愛する人間との死別、愛する人を残して世を去る無念が明確に分かっているからこそ、夫婦として共に歩んでいくという選《せん》択《たく》は採らないようにするだろう。

「だけど、今の僕ならトトリさんを一人にすることはないからね」

「ん……それじゃ、サヴァドも『獣憑き』なの？」

「いや、僕は――何と言えばいいのかな？」

そう、苦笑を浮かべながらトトリに向かって尋《たず》ねる。

そんなサヴァドの言葉に対して、トトリは静かに頷いてから答えた。

「サヴァドは、正体が分からない『獣憑き』なのじゃよ」

「…………正体が分からない？」

「基本的に『獣憑き』とは、古き時代に信仰されていた神々に仕える動物の特徴《とくちょう》が現れるようになっておる。わしであれば『虎《とら》』、大国主様は『狐』といった具合にの」

そう言って、トトリはぴこぴこと耳と尻尾を揺《ゆ》らして見せる。

しかし、サヴァドにはそれらしい特徴《とくちょう》が見当たらない。

その特徴的な半面を除けば、普通《ふつう》の人間と変わらない容姿だ。

「最も近しいものであれば『猿《さる》』じゃろうが、それなら尻尾も現れるはずじゃ。その特徴が無かったからこそ……わしは荒神様に仕える者ではないかと考えておったんじゃがの」

「つまり俺ってことか？」

「うむ。しかしレグネアの神々は我々と異なる世界に住まう存在なのでな。おぬしが千年前に実在していた人物であるのなら、わしの予想は外れていたというわけじゃ」

残念そうに肩を竦めながら、トトリは溜息《ためいき》と共に首を振る。

そんなトトリの様子を見つめていると、サヴァドも苦笑しながら頭を掻《か》いた。

「僕自身もそうだと思っていたから、レイドくんが荒神様だっていう話を聞いて少しだけ驚いたよ。もしかしたら君の子孫っていう可能性もあるけどね」

「まぁ子孫って可能性はないけどな。俺は千年前に子を作るどころか異性と関係を持ったこともなかったし、そんなことより戦っていた方が楽しかったもんでよ」

「ほうほう。しかし今世ではエルリアと結ばれて夫婦になったわけじゃな」

「俺たちは婚約者だから夫婦じゃないぞ」

「うん。まだ夫婦じゃない」

「……いや、将来を約束したのだから同じようなものじゃろう？　今のように仲睦《なかむつ》まじく過ごしているのだから、当然寝所《しんじょ》も同じなのではないか？」

「まぁ同じベッドで寝てるな」

「うん。レイドと一緒に寝てる」

「それなら、もう子作りも済ませたはずじゃろう？」

「いやぁ……なにせ俺たちがいた千年前だと立場のある人間との婚前交渉《こんぜんこうしょう》は死刑《しけい》だったし、俺は見た目こそ若いけど中身はジジイだからなぁ……」

「わたしも魔法《まほう》の研究ばかりしてたからよく分からない……」

「かぁーっ！　二人とも想い合っているんじゃから遠慮《えんりょ》する必要なかろうっ⁉」

焦《じ》れた表情を浮かべながら、トトリがばふばふとベッドを叩《たた》く。やはりミリスたちと同様、他人から見ればそのように映るらしい。

「まぁまぁトトリさん。二人にも何か事情があるのかもしれないし、老婆心《ろうばしん》で世話を焼くのは二人に対しても失礼だからさ」

「誰が老婆《ろうば》じゃっ⁉　だいたいおぬしだってそうじゃっ！　ようやく公に認められる夫婦となったのに、わしに対して一切《いっさい》手を出してこな――」

「ははは、トトリさん……君が外でそういった話をするから、僕が他の特級魔法士たちから変態ロリコン仮面と呼ばれるようになるんだよ……ッ⁉」

トトリの身体を抱《かか》え上げ、その口を手で覆ってからサヴァドは立ち上がる。

「二人ともすまないね。少しトトリさんが暴走気味だから、今日は出立に留《とど》めて明日の移動中にアルマさんも交えてやるとしよう」

「分かった。それじゃゆっくり休んでくれ」

「ん、おやすみなさい」

部屋を去るサヴァドたちを見送ったところで、ドアがぱたんと閉じられる。

そこでレイドとエルリアは顔を見合わせてから頷いた。

「なんか少しだけ気になる様子だったな」

「ん……レイドも何かあった？」

「そう訊《き》いてくるってことはエルリアも何かあるってことか」

「うん。二人とも悪い人じゃなさそうだけど……まだ、何か隠してる感じがした」

エルリアが言ったように、レイドも同じ事を考えていた。

少なくとも二人はレイドたちが考えている黒幕ではないと見ていい。

しかし、何かを隠しているという点については頭の片隅《かたすみ》に置いておくべきだ。

「まぁ俺たちには関係ないことかもしれないしな。二人とも特級魔法士で『獣憑き』の夫婦だし、レグネア関連の事情かもしれないから首を突っ込むのは野暮《やぼ》ってもんだ」

「………夫婦」

そう、エルリアがぽつりと小さく呟《つぶや》く。

そして……表情を改めてからエルリアが袖《そで》を引っ張ってきた。

「レイド、わたしからお願いがある」

「なんだ、突然《とつぜん》改まって」

「伝えるなら今しかないと思ったから」

少しだけ緊張《きんちょう》した面持《おもも》ちで、エルリアはじっとレイドの顔を見つめる。

「今日……一緒のベッドで寝たい」

…………。

…………………………。

「…………ダメ？」

「いや、ダメじゃないが……そもそも寮《りょう》では一緒に寝てるわけだし」

しかし、ここはヴェルミナンの別荘なので二人分のベッドが用意されている。

普段と違って、同じベッドで寝る必要は一切ないわけだ。

それでもエルリアは『一緒のベッドで寝たい』と言ってきた。

その言葉の意味が分からないほど、レイドは無知というわけではない。

二人が一緒に過ごしてきた時間は短いものだが、今のエルリアがどれほど緊張していて、どれだけ勇気を振《ふ》り絞《しぼ》ってお願いを口にしたのか理解できないということもない。

その手が普段以上に震えていることも、握《にぎ》っている袖から伝わってくる。

だからこそ、レイドはその全てを汲《く》み取り——

「つまり、一人で寝るのが怖いから一緒に寝て欲《ほ》しいってことだよな？」

「…………うん」

そう告げると、エルリアはとても素直《すなお》に頷いた。

それはもう真面目な表情で、恐怖によってぷるぷると震えていた。

「サヴァドが『鬼』じゃなくても、本物が鈴を鳴らしてくるかもしれない……っ！」

「あれは作り話だと思うから大丈夫だと思うぞ」

「作り話かどうか分からない。わたしは自分の目で見たものしか信じない」

「それだと本物が現れて鈴を鳴らしてくるってことだぞ」

「…………詰《つ》んだ」

レイドの言葉を聞いて、エルリアが絶望的な表情を浮かべていた。魔法に詳《くわ》しいからこそ、存在を完全に否定できないとは面白《おもしろ》いものだ。

「子供みたいだから少しだけ恥《は》ずかしかったけど……勇気を出してお願いしてみた」

「分かった。どうせ別に普段と変わらないしな」

「……それと、寝る準備が終わるまで袖を握っていたい」

「はいよ。エルリアのぽけぽけ対応セットとして耳栓や目《め》隠《かく》しも持ってきてあるから、風《ふ》呂《ろ》だろうとトイレだろうと近くにいてやるから安心しておけ」

「なんという至《いた》れり尽くせり」

「なんだったらお前が寝付《ねつ》くまで見ておいてやるよ」

「……それは寝顔《ねがお》が見られるから恥ずかしい」

「俺が毎朝起こしてるんだから、それこそ今さらすぎるだろ」

エルリアの頭をぽんぽん叩きながら、レイドたちは出立の準備を始める。

結局のところ、これが二人らしい在り方ということだ。

三章

翌日……レイドたちはルーカスとヴァルクに見送られて出立した。

訓練内容の詳細《しょうさい》についても作戦指揮を執《と》るウィゼルに伝えておいたので、残った四人の様子を監督してもらいつつ、訓練内容の意図なども把握してくれることだろう。

そうしてパルマーレに最も近い関所をくぐったところで――

「――これはまた、ずいぶん見事に廃《すた》れちまったな」

一面に広がる草木一つ生えていない砂漠《さばく》。

水が溢《あふ》れるパルマーレからそれほど離《はな》れていないというのに、目の前にある砂漠は別世界のように広がっており、他に見えるのは風化した瓦礫《がれき》程度しかない。

かろうじて人工物らしき物も見られるが、そのほとんどは原形を失っているだけでなく、吹き荒《すさ》ぶ砂塵《さじん》によって埋《う》もれてしまっている。

「なるほど。話には聞いていたけど、なかなかに酷《ひど》い場所だね」

「うむぅ……ここに国があったと言われても、にわかには信じられん場所じゃな」

眼前に広がる砂漠を眺めながら、サヴァドとトトリが似たような感想を口にする。

「レイドくん、本当にここが君の故郷である国なのかい？」

「ああ。千年前にはアルテインっていう国の帝都《ていと》があった。パルマーレから近いってことを考えると、このあたりは帝都から少し離れたところにある貧民街《ひんみんがい》付近だろうな」

そう、自身の中にある記憶《きおく》を思い返しながらレイドは語る。

「この地域は東部地域の中では唯一と言っていいほど魔力《まりょく》が安定していた土地だった。だからこそアルテインも帝都を構えたわけだが……帝都から離れていくにつれて、どんどん貧しくなっていくような感じだったな」

「……うん？　しかし帝都に近いここにも貧民街とやらがあったのじゃろう？」

「そうだな。意図的に作った貧民街があった」

「…………意図的に作った？」

「帝都内から流れ出た下水処理を貧民たちにやらせていたんだよ。だけど魔力が不安定なせいで自然災害も多かったから、近くの川が氾濫《はんらん》した時に下水が逆流する被害《ひがい》を防ぐって意味でも貧民街を置いていたわけだ。『死んでも帝都を守れ』って具合にな」

「……なるほどのう。かつて所属していた当人の前で言うべきことではないが、あまり良い統治を行っている国ではなかったということじゃな」

「別に俺《おれ》の事は気にしないでいいぞ。一応それなりの地位にはいたけど、そんな俺から見てもアルテインは腐敗《ふはい》した典型的なクズ国家だったからな」

傭兵《ようへい》団に引き取られたこともあって自分が子供の頃《ころ》に住んでいた村の場所は分からないし、戦場以外で長く過ごした場所が帝都であるのは間違いない。

しかし故郷と呼べるほどの愛着は持ち合わせていない。

むしろ帝都に帰還《きかん》する度《たび》に貴族たちの揶揄《やゆ》を受け、帝都の裕福《ゆうふく》な暮らしを甘受《かんじゅ》していた帝都直属の兵士たちには『死にたがりの戦闘狂《せんとうきょう》』とも陰《かげ》で言われていた。

幸いにも現地の部下たちには慕《した》われていたが、帝都の人間たちは強大な力を持つレイドのことを蛇蝎《だかつ》のごとく嫌《きら》っていたので、そんな場所が砂塵に埋もれて荒廃《こうはい》していたところで何も想うところはない。

「だけど……いくら千年も経《た》ったとはいえ、ここまで砂漠化《さばくか》が進むのは不自然だな」

東部地域はライアットの率いる部隊によって再建された。

その際に帝都の近くにある魔力噴出口《まりょくふんしゅつこう》を利用し、それによって周囲の土地にある魔力を活性化させたのだろうが……その影響《えいきょう》を受けて帝都付近の魔力が欠乏《けつぼう》したとしても、ここまで砂漠化が進むとは考えにくい。

それならば、この状況《じょうきょう》は意図的に作り出されたものだと考えていい。

繁栄《はんえい》していく周囲とは対照的に、砂に埋もれて廃れていく帝都。

それはまるで――他者を犠牲《ぎせい》にして繁栄したアルテインへの報復にも見える。

「とりあえず移動中に説明した通り、道案内は俺に任せてくれ。砂に埋もれているとはいえ、帝都付近の地理は頭に入っているからな」

「うん、そこはレイドくんに任せようかな。代わりに魔獣《まじゅう》たちの対処や……ここに潜伏《せんぷく》している可能性のある人間については僕《ぼく》たちが引き受けるとしよう」

サヴァドが単独行動を取っていたのは、リビネア砂漠に隣接《りんせつ》している地域で不審《ふしん》な人物等の目撃情報がないか収集していたそうだ。

その結果、不審者に関する目撃情報はなかったが――

「例年よりも確認《かくにん》されている魔獣の数が少ないこと……それとリビネア砂漠の周辺を巡回《じゅんかい》している者たちが言っていた『遺跡《いせき》の亡霊《ぼうれい》を見た』って話が気になるところだね」

リビネア砂漠は隣接している各地域が監視《かんし》しており、砂漠内にいる魔獣が外に出ることがないように長大な城壁《じょうへき》によって囲まれている。

監視と巡回については各地域に所属する魔法士たちが城壁の上から行っており、砂漠内に立ち入ることは固く禁じられている。これらは立ち入ることで砂漠内の魔獣を刺激《しげき》する可能性があること、そして巡回する魔法士たちの同士討《どうしう》ちを避《さ》けるためだ。

そして巡回する魔法士たちの間で共通して噂《うわさ》されていたのが『遺跡の亡霊』という怪談《かいだん》話《ばなし》であり、「砂漠の中で揺らめくように動く人影を見た」といったものだった。

砂漠内に遺跡群《いせきぐん》があることから、そういった怪談話は必然的に話題として上るものと考えられるが、もう一つ「確認できた魔獣の数が減っている」という共通点もあった。

「城壁に近づかない限り魔法士たちは魔獣の対処を行わない。それなのに魔獣の数が目に見えて減っているってことは、何かしら人の手が入ったと僕は考えているんだけど」

「だろうな。レグネアの皇宮《こうぐう》みたいに侵入《しんにゅう》するならともかく、潜伏先として利用するなら周辺や移動経路の安全を確保するために魔獣を狩《か》ったと見るのが自然だろ」

「やっぱりそうだよね。その影響で中心部にいる魔獣たちは気が立っている可能性もあるから……レイドくんにはもう一つ仕事をお願いしていいかな」

そう言うとサヴァドは小さく頷《うなず》いてから、レイドに視線を向ける。

「そこにいる二人のお世話、よろしく頼《たの》んだよ」

「うぁぁ……もうほんと気分最悪だわ……」

「ねむねむ……」

「……こっちは責任持って世話しておくから任せてくれ」

げんなりした表情のアルマと、若干《じゃっかん》ぼけっているエルリアを見ながら言う。

アルマは一人で立つことはできているが、それはもう見事な二日酔《ふつかよ》いの状態だ。

そしてエルリアについては昨日の怪談話で寝つきが悪かったのか、時間が経った今でも少しだけぽけぽけしていて、半眼のままぎゅーっとレイドにしがみついている。

「いやもう朝から風呂に入れてもエルリアのぽけぽけが抜け切らなくてな……」

「ぽけぽけっていうのはよく分からないけど、トトリさんも普段《ふだん》から好き勝手に興味本位で動いて迷子になることも多いから気持ちは分かるよ……」

そんな会話を交《か》わしながら二人は無言で頷き合う。サヴァドとは色々と苦労している身ということで気が合いそうだ。

「とりあえずアルマ、お前は周囲の警戒と荷物の運搬《うんぱん》だけに集中しておけ。今回は他に戦《せん》闘《とう》要員がいるし、戦闘で物資を失ったら砂漠の中で野垂れ死ぬ可能性もあるからな」

「おっけぇー……さすがに申し訳ないから、それくらいバッチリこなして見せるわ」

「それでエルリアはぽけぽけが治るまで離れるなよ」

「…………にゅ」

奇妙な鳴き声と共にエルリアがこくんと頷いたところで、アルマが周囲に武装した骨兵数体、骨の馬と戦車を生成して砂漠内を進行するための準備を始めていく。

「そういや、リビネア砂漠の魔獣ってのはどれくらい強いんだ？」

「そうねぇ……セリオスの魔獣たちみたいに知性があるってわけじゃないけど、過酷《かこく》な環《かん》境《きょう》下で生き残っているからタフだし、人間っていう魔獣唯一《まじゅうゆいいつ》の天敵もいないから通常よりもサイズが大きくなる傾向《けいこう》にあるって以前の調査報告にはあったかしらね」

「つまり、少なくとも潜伏者はそいつらを狩れる実力があるってことか」

通常、魔獣狩《まじゅうが》りは複数の魔法士たちによって行われる。

小型であれば単独での対処も可能だが、中型以上であれば複数名、大型の場合は最低でも一級魔法士を含《ふく》んだ部隊によって対処が行われる。

これらは安全かつ確実に魔獣を対処するために取られている措置《そち》だが、中型以上の場合は単独討伐《とうばつ》そのものが危険かつ困難であるという理由もある。

リビネア砂漠に生息している魔獣たちが中型、大型で占《し》められていると考えるなら、それらを狩ることができる相応の戦力があるということだ。

しかし――

「なぁーに、相手の戦力なんぞ気にする必要ないじゃろう」

そう言って、トトリがぴょんと先頭に踏《ふ》み出す。

「わしらの目的は遺跡調査と潜伏犯の確認及《かくにんおよ》び捕縛《ほばく》じゃが、魔獣狩りによって周辺地域における当面の魔獣被《まじゅうひ》害《がい》を抑《おさ》えるという名目もあるわけだしの」

そんな軽い言葉と共に、その足元でバヂリと雷光《らいこう》が迸《ほとばし》った。

「それならば……派手に食い散らかすのが一番というものじゃ」

生み出された雷光が爆《は》ぜ散り、無数の鳥たちが囀《さえず》るように周囲へと響《ひび》き渡《わた》っていく。

その小さな手に握られている、先端《せんたん》に多くの鈴《すず》が付いた錫杖《しやくじよう》。

シャン、シャンと雷光に合わせるように高く清らかな鈴の音が鳴る。


「――《鵺神楽《ぬえかぐら》》」


そう、口を裂きながらトトリが呟いた直後――

地面を突《つ》き上げるように、巨大《きよだい》な白雷の柱が天上に向けてせり上がった。

砂漠の中で燦然《さんぜん》と輝《かがや》く四本の雷柱。

それらが地下に潜《ひそ》んでいた魔獣たちを地表へと打ち上げただけでなく、白雷の柱から伸《の》びる無数の雷蛇が魔獣たちの四肢《しし》に絡《から》みつき、その身体に喰《く》らいついて離さない。

「なっはっはっ！　大猟大猟っ！　狩り応えがあるのうッ!!」

その様子を見て、トトリは嬉々《きき》とした声を上げながら一歩踏み出し、雷光を爆ぜ散らす音を響かせながら跳躍《ちようやく》した。

その身体を雷光によって白く輝かせ、白雷の柱から伸びる雷蛇たちの上を滑《すべ》るようにして瞬《またた》く間《ま》に魔獣たちへと迫《せま》っていく。

「さぁ――おぬしらの首、ひとつ残らず捧《ささ》げておくれ」

踊《おど》るような動作で身体を捻《ひね》り、舞《ま》うように鈴杖を振るう。

その瞬間《しゅんかん》――雷柱から飛び出してきた白鎌が魔獣の首を一閃《いっせん》した。

本来であれば見上げるほど巨大な魔獣の頭が瞬時《しゅんじ》にして両断され、雷撃《らいげき》の熱によって血《ち》飛沫《しぶき》さえも蒸発し、払《はら》い落とされた首が砂塵の中に音もなく落ちる。

その後も魔獣たちを弄《もてあそ》ぶように雷の上を軽《かろ》やかに跳《と》び回り、鈴の音を響かせながら雷蛇たちが捕《と》らえている獲物《えもの》たちの首を払い落としていく。

そんなトトリの魔法を目の当《まあ》たりにしたせいか、ぼんやりとしていたエルリアの表情が徐々《じょじょ》に覚醒《かくせい》していく。

「……やっぱり、ヴェガルタの魔法と違《ちが》って威力《いりょく》がすごい」

「はぁー、久々に見たけど相変わらずやばいわね。大型魔獣の頭を一撃《いちげき》でポンポン両断していくとか、あたしの魔法じゃ絶対無理だわ」

「なんだ、アルマにしては珍《めずら》しく弱気なこと言うんだな？　てっきり同じ特級魔法士だから自分でも余裕《よゆう》とか言うと思ってたのに」

「むぅ……特級魔法士の中にも得意不得意があるのよ。あたしの《亡雄の旅団》は攻撃面《こうげきめん》だと特級魔法士の中では下の方だけど、広範囲《こうはんい》かつ複数を相手にした状況は得意だし、陣地《じんち》形成や物資運搬とかの汎用性《はんようせい》、それに他の戦況《せんきょう》でも高い水準で使えるんだから」

「そうだね。逆にトトリさんの《鵺神楽》は強力だけど攻撃性能に特化しているから汎用性に欠けているし、僕に至っては単一戦闘特化で広範囲戦闘には向かないから、アルマさんやトトリさんみたいな人が一緒《いっしょ》じゃないと任務内容が限られちゃうんだよね」

そうサヴァドが申し訳なさそうに頬《ほお》を掻く。

しかし今のトトリの魔法を見る限り、たとえ自身にとって不利な状況であっても強引《ごういん》に打開できる強力な魔法と言えるものだ。

それこそサヴァドは任務内容が限られると言っていたが、それは「最善かつ最上の結果にならない」という意味合いでしかない。

そしてアルマも特級魔法士の中では下というだけで、その威力については他の一級魔法士たちと比べても遥《はる》かに凌駕《りょうが》しているだろう。

それこそ数多くいる魔法士たちの中で九人しか認定《にんてい》されていないということを考えると、魔法においては全てが規格外の者たちということだ。

「まぁ閣下やエルリアちゃんに比べたら、あたしたち霞《かす》んじゃうんだけどねぇ……」

「あぁ……それじゃ報告書にあった内容って本当だったんだ……。なんか護竜を四体同時に相手したとか、魔法を素手《すで》で掴んでブン投げたとか書いてあったんだけど」

「「そんなこともあった気がする」」

「うん、あとでトトリさんと相談して僕たちが死なない安全な試験を考えようかな」

そんな会話を交わしていると、進行方向にいた魔獣たちを殲滅《せんめつ》し終わったのか、何も知らないトトリが尻尾《しっぽ》を振りながら誇《ほこ》らしげに戻ってくる。

「むふんっ！　今回は少しばかり本気を出してみたのじゃっ！」

「うん。すごく面白い魔法だった」

「うむっ！　おぬしの試験はこれ以上の力で臨《のぞ》むので覚悟《かくご》しておくのじゃぞっ！」

「ん、すごく楽しみにしておく」

ほくほくした表情のエルリアに撫でられ、トトリも上機嫌《じょうきげん》に耳と尻尾をピコピコ揺らす。

今は和気藹々《わきあいあい》としているが、この二人が全力でぶつかれば周囲には何も残らなそうだ。

「さて、それでは安全も確保したので出発しようかの」

「そうだな。まだ目的地まで距離《きょり》があるし、さすがに砂漠の真ん中で野営するわけにもいかないから、日が暮れる前には遺跡群に到着《とうちゃく》できるように移動するか」

現代の地図と方角を確認しながら、レイドは記憶にある過去の地図と照らし合わせる。

かつて東部大陸の全てを手中に収め、各地域から集めた富が集う場所だったこともあり、アルテイン帝都の規模はヴェガルタの王都よりも遥かに広大だ。

そして帝都の主要区域や建造物などは記憶しているが、その大部分が砂に埋もれてしまっているため、地表に出ている遺跡群を眺《なが》めながら位置関係を把握《はあく》する必要もある。

「安全を確保したなら戦車で移動した方が体力も温存できるだろうし、高い位置から周囲を見渡《みわた》すためにもアルマに頑張《がんば》ってもらうか」

「はいはい……あんまり乗り心地《ここち》良《よ》くないから二日酔いの身体に響きそうねぇ……」

「吐《は》きそうになったら背中でも擦《さす》ってやるから頑張れ」

「レイド、わたしもぽけぽけしてないから何か手伝う」

「その前にエルリアは仮眠《かみん》しておけ。疲労《ひろう》が溜《た》まってぽけるかもしれないしな」

「…………炎天下《えんてんか》でのお昼寝《ひるね》は辛《つら》すぎる」

「俺の膝《ひざ》を貸してやるから頑張って寝てくれ」

肩を落とす二人を宥《なだ》めながら、レイドたちは骨馬が引く戦車に乗り込《こ》んでいく。

レイドたちの目的地は地表にある遺跡群ではない。

滅《ほろ》んでしまった帝都の中心部……砂に埋もれてしまった部分から、さらに地下へと降りた場所に存在している空間だ。

そこに存在しているのは――

「――さて、滅んだ帝国《ていこく》の玉座を拝みに行こうじゃないか」

そう、自嘲《じちょう》めいた笑《え》みと共にレイドは告げた。

◇

アルテイン帝国十七代皇帝《こうてい》、ヴィティオス・アルテインは暴君だった。

先々代アルテイン皇帝が東部大陸全体を手中に収めたことで皇帝派の立場が確固たるものへと変わり、反心を抱《いだ》いていた者たちはアルテイン皇帝の名の下に処刑《しょけい》された。

そうして皇帝の立場が揺るぎないものへと変わった中で、先代皇帝はアルテイン君主としての権力と立場を幼少時から振りかざして傍若無人《ぼうじゃくぶじん》に振る舞い、先々代皇帝の崩御《ほうぎょ》によって君主の立場を継《つ》いだ後は自身に味方する者たちだけに甘《あま》い汁《しる》を与《あた》えて、ろくに国政を行うことなく臣民たちの血税によって何一つ不自由のない生活を送っていた。

そんな父の姿を見て育ったのが――ヴィティオス・アルテインだった。

暴君にも等しい父の姿を見て育ち、それこそが大国アルテイン皇帝に相応《ふさわ》しい振る舞いであると信じて疑わなかった。

それでいて、ヴィティオス・アルテインは誰《だれ》よりも臆病《おくびょう》な人間であった。

先代皇帝は皇子であったヴィティオスに対して寵愛《ちょうあい》を与えることなく、一人の父親ではなく常に『大国アルテインの皇帝』として接し、先代皇帝の意に沿わない発言をすれば折《せっ》檻《かん》を受けていたと聞いている。

そんな幼少期を過ごしたことによって、ヴィティオスは父の真似《まね》をするようになった。

同じように傍若無人に振る舞い、自身の意に沿わない者がいれば立場を奪《うば》って追いやり、父親が望んでいた皇帝の姿というものを受け継いだ。

しかし、ヴィティオスの中には常に先代皇帝の姿があった。

父の意に沿わない行動を取れば咎《とが》められ、重罰《じゅうばつ》を与えられる恐怖《きょうふ》が根底にあった。

だから——ヴィティオスは考えることを止めた。

父と同じように振る舞い、父と同じように周囲の者たちに甘い汁を与えて懐柔《かいじゅう》して自身の立場を保ち、父と同じように過ごしているだけでいいと考えるようになった。

それは先代皇帝が放蕩《ほうとう》の限りを尽《つ》くした末に病に冒され、五十を迎《むか》える前に早世した先代の跡《あと》を継いだ後にも変わることはなかった。

ただ父と同じように過ごしていればいい、そうすれば父や他者に虐《しいた》げられることもない、それがアルテイン皇帝としてあるべき姿であり、父と同じように『皇帝』として振る舞っていれば失敗することはないと信じて疑っていなかった。

だが、ヴィティオスにとって一つだけ先代皇帝とは違う状況があった。

それが――レイド・フリーデンという人間の存在だった。

化け物として名を馳《は》せ、常軌《じょうき》を逸《いっ》した人間としての力を持ち、その力を恐《おそ》れて幾度《いくど》となく戦場へと送り込《おく》んだが死なず、むしろ数多《あまた》の功績を積み上げて帰ってきた。

そんな『英雄』の存在が、ヴィティオスは誰よりも恐ろしかったのだろう。

その強大な力が自身に向けられるかもしれない。

だからヴィティオスはレイドに対して将軍という立場を与えて、『英雄』として祭り上げることで皇帝派に所属させ、その矛先《ほこさき》が自身へと向かないようにしていた。

しかしレイドに対して立場と権限は与えたが、皇帝直属の親衛隊や国政などに干渉《かんしょう》することは許さず、大陸西部の侵略《しんりゃく》戦争を進める総司令官として戦地に追いやった。

そうして、ようやくヴィティオスは先代皇帝と同じ状況に戻《もど》ることができた。

レイドという異端《いたん》の存在を遠方に追いやり、そして西方で名を馳せている『賢者《けんじゃ》』と争わせて戦死させ、皇帝としての平穏《へいおん》な日々が戻ることを心から願っていた。

そんなヴィティオスの思惑《おもわく》にレイドも気づいていた。

だからこそ――

「――それで腹が立ったから、嫌《いや》がらせに戦争を長引かせようと思ったわけだ」

「なんかもう嫌がらせのスケールがでかすぎるわねぇ……」

「間違いなく敵に回したらいけない相手じゃのう……」

「それで国を変えるとか反逆するって安直な考えにならないあたりがすごいね……」

「…………そこまで色々やってるとは思わなかった」

そうレイドが戦車の上で昔話を語って聞かせると、全員が呆《あき》れた表情を浮《う》かべる。

「だけど一番効果的だからな。戦争ほど金が掛《か》かるものはないし、他国の侵略と略奪《りゃくだつ》で成り立っていたから国政で改善することもできない。しかも悩《なや》みの種である俺は死なない上に、俺が将軍として就任した時に軍閥《ぐんばつ》と指揮系統を丸ごと変えたから、俺を引きずり下ろして他者に引き継いでも組織としてまともに動かないようにしたしな」

「……そういえば、あっさり要所を奪還《だっかん》できた時期があった気がする」

「確かその時は俺の指揮に問題があるって罷免《ひめん》された時だな。それで後任の奴《やつ》が既《すで》に確保されていた要所を五か所くらいヴェガルタに奪還されたんで元に戻されたんだけどよ」

「あの時は捕虜《ほりょ》がいっぱいで、レイドが戻ってくるまで世話が大変だった」

「あんたら命懸《いのちが》けの戦争で思い出話に華《はな》を咲《さ》かせるんじゃないわよ……」

「まぁ戦争って言っても大半は俺とエルリアの一騎打《いっきう》ちで決着を付けていたし、両国による血みどろの殺し合いってより牽制《けんせい》目的の小競《こぜ》り合いが多かったからな。ダメだと思ったら即時《そくじ》投降、捕虜は絶対に傷つけずに厚遇《こうぐう》して交換《こうかん》、それらを徹底《てってい》したからヴェガルタでも同様の待遇《たいぐう》を受けたって聞いているし、それこそ戦闘より退却時《たいきゃく》の事故とか進軍中の不注意で出た死者の方が多かったくらいだぞ」

「だけど……自国の財政が逼迫《ひっぱく》していた状況で、どうやって戦争を続けていたんだい？　それこそ物資や食糧《しょくりょう》も不足するだろうし、兵士の士気だって保てないと思うんだけど」

「そりゃもう色々とやったさ。手の空《あ》いた兵士を近隣《きんりん》の村に向かわせて狩りや漁を手伝わせたり、魔獣を処理する代わりに収穫物《しゅうかくぶつ》を長期保存できるように村人たちを雇《やと》ったり、他だと薬草やら魔獣たちに含まれる魔力を抜《ぬ》いて食材にする研究をしたりとかな」

「ああ、だから東部地域には『魔獣料理』なんて文化があるんだね……」

「それと兵士の大半が貧しい漁村やら農村の生まれだったからな。既に知識や技術が身に付いているから手際《てぎわ》も良いし、あとは軍艦《ぐんかん》を勝手に改造して漁業を効率化して、大量に仕入れた収穫物を女性や子供に加工させて仕事を与えて、他にも土壌《どじょう》改善や土地に合った農業を続けさせたら、晩年には国境付近の村が都市にまで発展したくらいだ」

「そこまでいくと、別の理由で名前を消されたんじゃないかと疑いたくなるのう……」

「普通なら東部地域の生活基盤《きばん》やら文化を築いたってことで、アリシア様と同じくらい名前が語《かた》り継がれていてもおかしくないくらいだものねぇ……」

そうトトリとアルマが神妙《しんみょう》な表情で頷く。それが理由で『英雄《えいゆう》』の存在が消されたのなら、むしろ理解しやすくて助かるくらいだ。

「そのあたり全部が俺の発案ってわけでもないしな。他の兵士たちから意見を募《つの》らせて、それで実現できそうなものには着手していただけだ」

「それでも、ちゃんと成果を出していたレイドはすごいと思う」

そうエルリアはふんふんと頷いてみせる。少しだけ誇らしげな様子だ。

「まぁ今話した通り、ヴィティオスは典型的な愚王《ぐおう》だったわけだが……自分の保身については徹底している奴で、今まで玉座の裏にあった皇族専用の脱出《だっしゅつ》通路を潰《つぶ》して新しく自分用の脱出口《だっしゅつこう》を作ったほどでな。しかも内部構造は本人しか知らないそうだ」

「しかし……どうしてその玉座を調べる必要があるのじゃ？」

「クリス王女の魔法で、過去にいる俺の部下に伝言を渡しておいたんだ。本当に今いる世界は俺たちの過去と繋《つな》がっているのか確かめるためにな」

相手が人智《じんち》を超《こ》えた方法を使っている以上、あらゆる事態を想定しなくてはいけない。

それは――たとえ世界そのものであってもだ。

本当に自分たちは過去から現代に来たのか、この世界の時間軸《じく》は元いた場所から続いているのか、それとも第三者が全く同じ世界を創り上げた別次元なのか……それを確かめるためにライアットへ伝言を渡した。

『伝言の『剣《けん》を元の場所に戻しておいてくれ』ってのは暗号でな。帝都が襲撃《しゅうげき》を受けた際、皇帝を玉座の間にある脱出通路を使って安全な場所に避難《ひなん》させる……それと『確実に残しておけ』って俺が付け加えた時には、指定場所に機密情報を保管する意味になる」

それらは千年前にアルテイン軍で使われていた暗号だ。

レイドが一字一句間違《まちが》いなく伝えるように告げたことから、ティアナも意図を察して間違いなくライアットに伝えてくれているだろう。

「今までの事件が俺たちの周辺で起こっていたことを考えると、こっちの動きを把握されている可能性が高い。だから盗聴《とうちょう》や内通を疑って暗号で伝えたってわけだ」

「……なるほどね。目的地がリビネア砂漠ってのは伝えてあるから相手に動きがあれば情報漏洩《ろうえい》が確定、さらに残されているはずの情報が消されていたら千年前のアルテイン関係者であることも確定って感じで、段階的に応じて情報を絞り込めるってわけね」

もちろん、相手がレイドたちの動向を知った上で動かない可能性もある。

レイドたちが意図的に未来を変動させたとしても、その変動が些細《ささい》なものであれば放置する可能性もあるだろう。

「まぁ——細かいことは、無事に辿《たど》り着けた後に話すとするか」

そこで言葉を切ってから、レイドは前方に見えた物体を見据《みす》える。

風化して朽《く》ちかけている人工物。

その表面は酸化によって赤錆《あかさび》色に変わっており、吹《ふ》き上がった砂塵や魔獣によって破壊《はかい》されたのか、所々に空洞《くうどう》ができている。

今では砂の中に埋もれるようにして傾《かし》いでいるが、その形状をレイドは覚えている。

帝都の中心にあった城の尖塔《せんとう》。

元々アルテインの帝都は大きく沈《しず》んだ窪地《くぼち》に位置していたため、平地よりも高い位置にあった部分だけが地表に露出《ろしゅつ》しているのだろう。

そうして朽ちかけた尖塔の前に降り立ち、レイドたちは外側から状態を窺《うかが》う。

「……すごくボロボロ」

「そりゃ千年間も人が立ち入ってないわけだしなぁ……」

「……というか、これって中も無事じゃないわよね？　埋もれている部分の風化や腐食《ふしょく》は無くても、砂の重さで都市ごと潰れていたりしないわよね？」

「いや……少なくとも帝都内の城をはじめとした中枢施設《ちゅうすうしせつ》は無事のはずだ。アルテインは地下にも生活圏《せいかつけん》を広げていたから耐久性《たいきゅうせい》も高いし、帝都の表層部分も外部からの襲撃に備えて外壁《がいへき》や建材にも特殊《とくしゅ》な合金が使われていたからな」

窪地という立地、そして土地の魔力欠乏《まりょくけつぼう》による不安定な環境を避けるため、アルテインは地下に向かって活動範囲《はんい》を広げていった歴史がある。表層の大半は砂に埋もれているかもしれないが、内部にある通路までは完全に埋もれていないと考えていい。

それよりも問題なのが――

「――こいつらが、余計なことをしていなければだけどなッ！」

そう答えながら、レイドは砂の中から飛び掛かってきた魔獣に蹴《け》りを入れた。

甲殻《こうかく》を持つ虫型魔獣の肉体が大きく凹《くぼ》み、甲高《かんだか》い悲鳴と緑色の体液を撒《ま》き散らしながら地面を転がって絶命する。

その魔獣を眺めてからサヴァドが静かに頷く。

「……確かに魔獣被害の方が心配だね。ここは長く人間が立ち入ってなかったし、砂の中にも魔獣たちは生息しているから、遺跡の内部まで侵蝕《しんしょく》しているかもしれない」

「だろうな。とりあえず広範囲の魔法《まほう》は使わない方がいいか。あんまり強い魔法を使ったら崩落《ほうらく》して俺たちが生き埋めになるだろうし」

「むぅ……魔法は制御《せいぎょ》できるので問題ないじゃろうが、常に気を配りながら戦うのも面倒《めんどう》なのでサヴァドに全て任せるとするかのっ！」

「そうだね。トトリさんには道中で頑張ってもらったし、地下でも広い空間だったら魔法を使えるだろうから、その時まで温存してもらおうか」

「うむっ！　ちゃんとわしの助力無しで狩って見せるのじゃぞっ！」

「はいはい……だからトトリさんはおとなしくしてるんだよ」

そう言って、サヴァドは頷きながらトトリの頭をぽんぽんと叩《たた》いていた。

「ということで、エルリアも派手な魔法は禁止な」

「ん……つまり、派手じゃなければいい？」

「まぁ過度な衝撃《しょうげき》を与えるような魔法じゃなければいいんじゃないか？」

「それじゃ……これにする」

レイドの言葉に頷いてから、エルリアは杖《つえ》を振る。

その直後――杖の先端に魔力で作った刃《やいば》が生まれた。

「これだったら大丈夫《だいじょうぶ》」

「おー、これって俺に作ってくれた剣と同じ要領のやつか」

「うん。レイドとお揃《そろ》い」

剣槍《けんそう》に変えた杖を握り、エルリアは嬉《うれ》しそうにくるくると取り回して見せる。なかなか様になっている動きなので、初めて使うというわけではないようだ。

「俺が剣を持ってたらお揃いだったんだけどなぁ……」

「さすがに同時に作るのは難しい……」

「まぁ俺の剣が見つかるまでお預けだな。だけどエルリアの武器を使った近接戦闘っては初めて見るし、そっちも俺としては楽しみだ」

「ん、レイドを驚《おどろ》かせるくらいがんばる」

こくこくと頷くエルリアに対して、レイドは笑いながら頷き返す。

そんなやり取りを交わしていたところで――

「はぁ……なんか独り身のせいか肩身《かたみ》が狭《せま》くなってきたわ……」

アルマが寂《さび》しげに膝を抱《かか》えながら、遠い目でレイドたちのことを眺めていた。

「いやまぁいいんだけどさ……学院生の時は研究の方が楽しかったし、今の特級魔法士の仕事は暴れ回れるから楽しいし、お兄ちゃんは結婚《けっこん》して元気な姪《めい》っ子《こ》がいるからカノスの血筋は途絶《とだ》えないし、あたしは独り身でも問題ないわ……」

「いやお前の見た目と立場だったら求婚《きゅうこん》してくる男なんて山のようにいるだろ」

「ちなみに結婚相手の条件はあたしより強いことよ」

「求婚してくる男たちが頭を抱えて絶望する難題だな……」

「閣下、あたしがずっと一人だったら側室として迎えてちょうだいね……」

「側室が許されるのは王族だけだから、その時は腹を括《くく》って一人で生きてくれ」

「それならペットでもいいから引き取ってちょうだい」

「お前にとって弱い男と結婚するのは人間辞《や》めるレベルなのかよ……」

そうして変な方向に落ち込んでいるアルマを適当に励《はげ》ましたところで、レイドたちは改めて尖塔の内部に足を踏み入れた。

装飾《そうしょく》も何もない、無骨な壁《かべ》が広がっている広間。

その様子を見て、エルリアとトトリが不思議そうに首を傾げる。

「なんだか、ヴェガルタと様式が全然違う」

「……これは様式と言ってよいのか？　飾《かざ》り気《け》がないというか、無機質というか……仮にも君主がいた場所であるなら、もっと華美《かび》な装飾や紋様《もんよう》が施《ほどこ》されるものじゃろう？」

「今見えているのは合金製の内壁《ないへき》だな。昔は外側に装飾やら意匠《いしょう》が施されていたけど、その部分が風化と経年劣化《けいねんれつか》で完全に剥《は》がれ落ちたんだろ」

地表に出ていたこともあって内部も荒廃してしまっているが、剥がれ落ちた合金製の内壁は無事なようで、風化や腐食によって大きく損傷している様子はない。

「劣化具合からして崩落の心配は無さそうだし、とりあえず降りて確かめてみるか」

「だけど、どこにも階段がない」

「そういえば……ここが塔《とう》なら階下に降りるための階段があるはずじゃろ？」

「あー、アルテインだと階段じゃなく昇降機《しょうこうき》っていう機械で各階に移動するんだよ」

そう答えながら、レイドは地面を軽く眺める。

そして──勢いよく地面を踏み抜いた。

バギンッと鉄が折れる音と共にレイドの足元にあった床《ゆか》が円形にくり抜かれ、そのまま暗闇《くらやみ》の中に落下する。

数秒ほど経ったところで……ぽかりと空いた穴から甲高い金属音が長く響き渡った。

「よし、これで降りれそうだな」

「躊躇《ちゆうちよ》なく遺跡をブッ壊《こわ》したわね……」

「……わたしとトトリには壊すなって言ってたのに」

「非常用の外階段は砂で埋もれちまってるし、昇降機は適切な量の電気を安定して流さないと動かない代物《しろもの》なんだよ。他に出入り口も無いから仕方ないってことにしようぜ」

「ははは……乱暴な解決方法だけど、おかげで色々分かったこともあるね」

そう言って、サヴァドは静かに頷く。

「落下音が長く反響《はんきょう》したということは、レイドくんの考え通り内部まで砂に埋《う》もれていることはなさそうだ。少なくとも空間が広がっているということだからね」

「そういうことだな。まぁ……ちょっと騒《さわ》がしくしすぎたかもしれないけどな」

暗い穴の底から聞こえてくる、魔獣たちが蠢《うごめ》く異音と咆哮《ほうこう》。

こちらも予想していた通り、城内は魔獣の巣窟《そうくつ》と化しているようだ。

「サヴァド、降りた途端《とたん》に魔獣に食われる可能性あるけどいけるか？」

「それ普通《ふつう》の人だったら死んでこいって言ってるようなものだよねぇ……」

「特級魔法士だったら余裕かと思ってな」

「まぁできるとは思うけどね」

「それじゃ俺たちで降りてサクッと道を作ってくるか」

「それなら僕が先行するよ。荒神《こうじん》様とはいえ君は学院生だからね」

そう言って口元に笑みを浮かべてから――

「――それじゃ、ちょっと叩き潰してくるよ」

身を投げるように、暗闇の中へと身体を投げ出した。

外敵の気配を察知したことで、狭い空間の中でひしめいていた魔獣たちが一斉《いっせい》に顔を上げて落下してくるサヴァドに牙《きば》を剥《む》く。

しかし、そんな魔獣たちを見てもサヴァドは一切《いっさい》動じない。

その仮面の下に笑みを浮かべながら、金砕棒を軽々と構える。

バヂリと魔力光《まりょくこう》を迸らせながら両腕《りょううで》に力を込め――

「まずは――十匹《ぴき》くらいは持っていこうか」

空気を薙《な》ぐ音が生まれた直後、サヴァドに向かって行った魔獣たちの身体が衝撃によって大きく歪《ゆが》み、金砕棒の棘《とげ》によって肉を抉《えぐ》り取られて磨《す》り潰されていった。

断末魔《だんまつま》を上げることさえ許されない剛撃。

その圧倒的《あっとうてき》な膂力《りょりょく》による一撃は豪快《ごうかい》そのものだが、サヴァド自身の身のこなしは軽やかなもので、落下しながら適切な姿勢を保ち、飛び掛かってきた魔獣たちを踏みつけて体勢を変え、壁を蹴って加速と変化を伴《ともな》って急襲《きゅうしゅう》している。

そうして魔獣たちを蹴散《けち》らし、死体の山が築かれた上に降り立つと――

「……なるほど、これは少し時間が掛かりそうかな」

騒ぎを聞きつけたのか、それとも狩り殺された魔獣たちの血を嗅《か》ぎ取ったのか、通路の奥《おく》から湧《わ》き出るように獣型《けものがた》の魔獣が押《お》し寄せてくる。

そして……レイドも一足遅れて降りてきたところで、暗闇の奥《おく》に蠢く魔獣たちを見る。

「確かに思っていたよりも多いな。時間掛かりそうだし雑談でもするか？」

「この状況で雑談かぁ……何か話題はあるかい？」

「ああ、ちょうどいい話題があるぞ」

そう、レイドは静かに笑みを消してから──


「──お前が持っている、俺《おれ》と同じ魔力の話とかな」


その言葉を聞いた瞬間、サヴァドが僅《わず》かに身を強張《こわば》らせたのを感じ取った。

「その反応だと当たりってところか。まぁ俺は魔法どころか魔具すら使えないし、全く同じってわけじゃないんだろうけどな」

「……いつから気づいていたんだい？」

「トトリがお前について語った時だ。俺の助けた嬢《じょう》ちゃんが大国主になって今も生きているなら、『荒神』が実在の人物ってのは簡単に分かる話だ。それなのに関連があると考えたってことは、お前は『荒神』と似た力を使えるってことだろ」

それは憶測《おくそく》に過ぎなかったが、先ほどサヴァドが使った力を見て確信した。

他でもない、レイド自身が今まで使ってきた力だからこそ間違えるはずがない。

しかし──その事実をトトリは隠《かく》そうとした。

「お前たちは何か隠している。しかも自分と同じ力を持っている俺に対しても話すことができない大きな隠し事ってやつだ」

「……僕《ぼく》たちが、レイドくんたちの追っている黒幕だと考えているってことかい？」

「少なくとも話すんだったら容疑者から外れるし、今の俺の言葉を聞いた上で話さないんだったら、黒幕ってバレたことよりも重要な内容ってことで何も訊《き》かないでおいてやる」

「つまり……どっちでも構わないと？」

「おう。あの時はトトリに判断を仰《あお》いでいたが、ここはお前の意思で決めるところだ」

そう、笑いながらレイドは言う。

その言葉を聞いて、サヴァドも釣《つ》られるようにして口元に笑みを浮かべた。

「……うん。君は本当にすごい人だと心から思うよ」

「そりゃ前世じゃ『英雄』って呼ばれていたくらいだからな」

「それなら、正直に話して味方に付いていてもらっていた方が良さそうかな」

困ったように苦笑《くしょう》してから、サヴァドは軽々と金砕棒を肩《かた》に担《かつ》ぐ。

「物心がついた頃《ころ》から……僕の身体には異様な力が宿っていた。子供なのに大人さえ放り投げるほどの怪力《かいりき》を持つ僕を見て……村の人たちは僕のことを『鬼《おに》』と呼ぶようになって、僕に怯《おび》えるようになった両親は深い山奥《やまおく》で暮らすように言いつけた」

それは、どこかで聞いたことがある話だった。

誰よりも強くなりたいと願い、誰よりも強くなったことで周囲に恐れられ、最後には両親にも恐れられて孤独《こどく》になった人間の話。

「だけど……僕はそれでもよかった。たとえ孤独だったとしても、この力で誰かを傷つけるようなことになるよりマシだと思っていたから」

生来から、サヴァドは心根の優《やさ》しい人間だったのだろう。

だから他者より優《すぐ》れた力を振《ふ》るって誇示《こじ》するよりも、その力によって誰かが傷つくことを嫌《きら》って一人で静かに生きていくことを選んだのだろう。

「そうして一人で過ごしていた時……僕に宿っていた力は年月を重ねるごとに溢《あふ》れるようになって、僕の意思とは関係なく揮《ふる》われるようになったんだ」

「……それは、魔力が暴走したってことか？」

「今考えるとそうなのかな。なにせ子供の時に村を追い出されちゃったし、ずっと一人だったから呪術《じゅじゅつ》なんてものも知らなかったしね」

そうサヴァドは苦笑を浮かべていたが、その話を聞いてレイドは眉《まゆ》を寄せた。

その過去はレイドの幼少期とよく似ていたが、レイドは「魔力が溢れて暴走する」ということは一度も経験したことがない。

「まぁ今は魔力が暴走するようなことは無いんだけどね。そもそも僕が以前に持っていた魔力とは別の物に変わったのかもしれないけど」

「……魔力が変わった？」

「うん。なにせ……僕は以前の魔力暴走が起こった時に死んでいるからね」

そう、サヴァドは平然とした様子で答える。

一度死んだ人間が、今この場に立って言葉を交《か》わすことなどできない。

しかし、それとよく似た話をレイドは知っている。

「だけど完全な形で蘇《よみがえ》ることはできなかったみたいでね。生前は間違いなく人間だったんだけど、目が覚めた時には『獣憑《けものつ》き』によく似た存在に変わっていたんだ」

そう語りながら、サヴァドは自身の仮面に手を掛け――

「それが――禁呪によって生まれ変わった、サヴァドという元人間の話さ」

自身の額に生える、仮面と同じ形の双角《そうかく》を見せながら笑った。

◆

レイドたちが暗闇に包まれた穴に入っていった後。

エルリアたちは尖塔の広間で二人からの合図を待っていた。

「むぅ……サヴァドはしっかりやっておるかのう……」

「トトリ、落ちたら危ないから覗《のぞ》き込んじゃダメ」

トトリがふりふりと尻尾を振りながら穴を覗いていたので、その身体を抱き上げてから膝の上に乗せる。おそらく落ちてもトトリ自身は問題ないだろうが、急に頭上から人が降ってきたら二人がびっくりしてしまうかもしれない。

「二人なら大丈夫だし、アルマ先生が外を見ているからわたしたちはおとなしく待とう」

「それはそうなんじゃが……サヴァドは妙《みょう》なところで抜けているというか、どうにも見ていて心配になってしまうところがあるんじゃよ」

そう言って、トトリは不安そうに眉を下げながらぺたんと耳を伏《ふ》せる。

そんなトトリの頭を撫《な》でながらエルリアは笑い掛ける。

「心配になるくらい、サヴァドのことが好き？」

「む……突然《とつぜん》どうしたのじゃ？」

「二人はわたしたちと似てるから、少しだけ気になったの」

「ふむ、確かにわしとサヴァドも二人と同じように仲睦《なかむつ》まじいからのぅっ！」

そう、にぱりと嬉しそうに笑みを返してくる。

心から満たされているように幸せな笑顔《えがお》。

それと同じ笑顔をエルリアも浮かべたことがある。

「うん……だから、わたしもトトリの気持ちはよく分かる」

最期《さいご》に意識を失った時、思い浮かんだのは彼《かれ》の笑顔だった。

最初に出会った時、まるで友人と接するように見せてくれた笑顔。

だからこそ、転生したと分かった時にレイドのことを真っ先に探した。

もう一度、その笑顔を見たいと心から願った。

だから――


「――あなたが禁呪でサヴァドを蘇らせた気持ちは、誰よりも理解しているつもり」


そう告げた瞬間、トトリは驚いたように目を見開く。

しかし……何かを悟《さと》ったように、その目を静かに伏せた。

「……なぜ、そう思ったのじゃ？」

「トトリが自分のことを『虎《とら》』と言って、大国主様のことを『狐《きつね》』って答えたから」

「……どういうことじゃ？」

「自身に現れた動物の特徴《とくちょう》を詳細《しょうさい》に答えられたということは、それと合致《がっち》するような資料があるっていうことになる。耳と尻尾だけじゃそこまで正確には判別できない」

たとえばトトリについては『縞模様《しまもよう》の猫《ねこ》』という可能性もあり、レグネアの大国主については、狐と似た特徴なら『黒い犬や狼』といった可能性もある。

それらは身体の大きさや他の身体的特徴によって分類されるものであり、耳と尻尾だけで断定することはできない。

「つまり――『獣憑き』の種類を断定できるくらい、過去に行われた禁呪の詳細や行使した人物、研究内容が記録されていると考えられる。それなのにサヴァドの種類が特定できないということは、過去ではなく現代で行われた禁呪ということになる」

過去に行われた禁呪の全ては多くの代償《だいしょう》を伴って失敗したと伝えられている。

そこに例外が存在していないからこそ、禁呪と呼ばれる秘術は行使や研究が禁じられて封印《ふういん》されることになり、その後に新たな『獣憑き』が生まれることもなかった。

そして正体不明……資料に残されていない『獣憑き』が現れたのであれば、それは禁じられた以降に行使されたものだと考えられる。

「それと……さっき言ったように、わたしたちはすごく似ていると思ったから」

サヴァドは行使された禁呪によって人間から『獣憑き』に変貌《へんぼう》した。

それとよく似た話をエルリアは知っている。

かつてエルフという人間とは異なる種族として生まれながら、現代では人間という種族として生まれ変わった存在のことを知っている。

「──わたしが、人間として転生した時と同じように」

前世とは違《ちが》い、エルリアは死後に転生して人間に生まれ変わった。

そこに何かしらの要因があったと考えるなら、もっとも考えられるのは『死』という抗《あらが》うことができない事象だろう。

そして自分と同じように別の存在へと生まれ変わったのであれば、サヴァドも同じように『死』を経験しているとも考えられる。

だからこそ──サヴァドは禁呪によって蘇った存在だという考えに至った。

そんなエルリアの言葉を聞いて、トトリは静かに頷《うなず》いて見せた。

「……本当に、おぬしは賢者という名に相応しい者じゃの」

「それじゃ、トトリは禁呪を成功させたの？」

禁呪には大きな代償が伴うとされ、それによって町や村が失われたとも記録されている。

しかし、そのような出来事が起こっていればヴェガルタにも情報が届いているはずだ。

そして禁呪を行使したトトリが大罪人ではなく、特級魔法士という立場で目の前にいることから、その事実は誰にも知られていないということになる。つまり代償を伴うことなく禁呪を成就《じょうじゅ》させたということだ。

だが、そんなエルリアの言葉を聞いたトトリは乾《かわ》いた笑みを漏《も》らした。

「ハッ……果たして、成功したと言っていいんじゃろうかの」

「……どういうこと？」

「おぬしの言う通り、わしは禁呪を用いてサヴァドのことを蘇らせた。その時に用いたのは転生ではなく死者蘇生《ししゃそせい》に纏《まつ》わる禁呪じゃったが……それによってサヴァドは人間ではなく、わしと同じ『獣憑き』という存在に変わってしまった」

そう力無く笑ってから、トトリはエルリアに対して向き直る。

「それで、わしのことを大罪人として突《つ》き出すか？　いくら周囲に被害《ひがい》を及《およ》ぼさなかったとはいえ、禁じられた術で摂理《せつり》を捻《ね》じ曲げたのは事実じゃからの」

「ん……わたしは自分の転生にも関係していると思って訊いただけだから、禁呪を使った時の詳細とかを教えてもらえたらそれでいい」

「……口外しない代わりに禁呪の情報を提供しろと？」

「うん。だってトトリのことを突き出したら、わたしたちの転生についても色々な人たちにバレちゃうし、禁呪との関連を疑われたら仲良く牢獄《ろうごく》に入れられちゃう」

そう言ってエルリアはふるふると首を横に振る。

エルリアたちの転生と似ているということは、転生魔法の根本について禁呪が関連している可能性もある。禁呪を行使したわけではないが拘束《こうそく》はされるだろう。

「だから、トトリが何をしたのか教えてくれるだけでいい」

「………そうか」

畏《かしこ》まった表情で静かに頷いてから、トトリは自身の魔装具を取り出した。

「それならば……その温情にわしも応えなくてはならない」

「何か知っていることがあるの？」

「いや……おぬしにはわしの記憶《きおく》を直接見てもらう。記憶であれば言葉によって偽《いつわ》ることもできず、おぬしが見れば他にも何か分かるかもしれない」

「…………いいの？」

記《き》憶投影《おくとうえい》はレグネアの呪術を基にした独自の魔法だ。

それは本来であれば犯罪者に対して行使されるものであり、苦痛を伴う魔法として一級魔法士以上の者にしか使うことが許されていない。

それだけでなく――記憶投影を行えばサヴァドが死んだ時の光景を見ることになる。

自身と他の全てを犠牲《ぎせい》にする覚悟《かくご》で蘇らせた、最愛の人間が命を落とす光景。

それは身体だけでなく、トトリの精神にも大きな負荷《ふか》が掛かることだろう。

しかし、トトリは目を伏せながら首を振る。

「それが禁忌《きんき》を犯《おか》した者に対して温情を掛けてくださった、偉大《いだい》な賢者に送る最大限の礼というものじゃよ」

そう答えてから、トトリは魔装具をエルリアの手に添える。

「それに――わしも心のどこかで、誰かに知ってもらいたかったのかもしれない」

そんな言葉と共にトトリが笑《え》みを向けた瞬間《しゅんかん》――

エルリアの視界が暗転し、別の光景が浮かび上がった。


見慣れない植物や木々が広がっている山々。

そんな森の中で……視界を共有している少女は声を殺して泣いていた。

ただ一人、大粒《おおつぶ》の涙《なみだ》を流して地面を濡《ぬ》らしていた。

そして――草を踏《ふ》み分ける音と、凛《りん》と鳴った鈴《すず》の音を聞いて少女は大きく顔を上げる。

『────サヴァドっ！』

その名を呼びながら、草葉を分けて現れた青年に向かって抱《だ》きつく。

仮面を付けていない、人間だった頃の姿。

『また泣いていたのかい、トトリさん』

『だって……みんなが、わたしに向かって酷《ひど》いこと言うから……っ！』

そう泣きじゃくりながら、幼いトトリは涙ながらに語る。

『わたしは魔法士になれないって……わたしの家に伝わっている呪術なんて、何の役にも立たない出来損《できそこ》ないだって……っ！』

レグネアの呪術は代々家系や一族に伝わっているものが基になっている。

生まれ持った魔力や努力による研鑽《けんさん》ではなく、受け継《つ》いできた呪術の内容によって優劣《ゆうれつ》が決まることも珍《めずら》しくないと書物で見た記憶がある。

だからこそ、呪術を受け継ぐことができなかった者たち……家族を失った孤児《こじ》などは困《こん》窮《きゅう》した生活を送ることになるとも書かれていた。

そうして泣きじゃくるトトリに対して、サヴァドは柔《やわ》らかい笑みと共に告げる。

『ほら、そんなに抱きついたらトトリさんまで汚《よご》れちゃうよ』

『別に汚れても洗うからいいもん……っ！』

『そろそろ冬が近いから水も冷たいよ？』

『……………がんばって洗うもん』

『本当に君は強情《ごうじょう》だねぇ……何回も来ちゃダメって言っても山に入ってくるし』

そう見覚えのある苦笑を浮かべながら、トトリの頭を優しく撫でる。

『冷たい水で手が真っ赤になっていたら呪術の練習だってできないし、勉強のために墨《すみ》を持つことだってできなくなっちゃうよ』

『……だって、わたしじゃ魔法士になれないもん』

『そんなことないよ。僕は呪術とか魔法のことは分からないけど……少し前にトトリさんが見せてくれた踊《おど》りは綺麗《きれい》でかっこよかったよ』

『ほんとっ⁉　かっこよかったっ⁉』

『うん。光る川面《かわも》の上で踊っているトトリさんはすごく綺麗だったからね』

にぱりと笑ったトトリに笑い掛けながらサヴァドは告げる。

『だから……きっとトトリさんはかっこいい魔法士になれるよ。他の人は色々と言ってくるかもしれないけど、僕はそんなトトリさんが見てみたいからさ』

『それじゃ、もっと練習してすごい魔法を見せてあげるっ！　それで立派な魔法士になって、たくさんお金を稼《かせ》いでサヴァドに美味《おい》しいものを食べさせてあげるのっ！』

『うーん……魔法士になったトトリさんを見るのは楽しみだけど、お金は自分のために使わないとダメだよ？　僕は前にもらった鈴だけで嬉しいからさ』

そう言って、サヴァドは腰《こし》に付けている鈴を凛と鳴らして見せる。

その鈴の音を聞いて、トトリは嬉しそうに笑いながら告げた。

『それじゃ……わたしが魔法士になれたら、もっと大きくて綺麗な音の鈴をあげるっ！あなたがどこにいても見つけられるようにねっ！』

そうして夢を語るトトリは幸せそうに見えた。

そして——再び視界が暗転した。

今度はどこかの古びた家屋の中だった。

そこに集まっている大人たちは皆《みな》一様に険しい表情を浮《う》かべて慌《あわ》ただしく動いており、視界の先には恐怖《きょうふ》と怯えによって涙を流している少年がいる。

『どうして鬼のいる山なんかに入ったんだッ!!』

『お前たちが山に入ったせいで、昨日は鬼がヴィジュの家を襲《おそ》ったんだぞッ!!』

その剣幕《けんまく》によって、少年は何も言うことができずに身体を震《ふる》わせていた。

『だって……トトリが山の鬼なんて怖《こわ》くない、そんな鬼より、お前たちの方が卑怯《ひきょう》で最低な奴《やつ》らだって生意気なことを言ったから、トトリを使っておびき出そうと……ッ！』

その直後――シャンと鈴の音が響《ひび》いてきた。

何度も、何度も、その存在を誇示するように鈴の音が聞こえてくる。

『ヒッ……⁉　鬼が、鬼が来たッ‼　今度は僕を殺しに来たん――ッ‼』

その言葉は最後まで続かなかった。

突如《とつじょ》として家屋の壁が打ち砕《くだ》かれ、その衝撃によって少年と周囲にいた大人たちが瓦礫《がれき》と共に軽々と空を舞《ま》った。

その穿《うが》たれた大穴の前に立っていたのはサヴァドだった。

自身の胴《どう》よりも太い丸太を軽々と担ぎ上げている姿。

そして……その丸太は真っ赤な血によって染まっていた。

『――ごめんね、トトリさん』

顔についた血を拭《ぬぐ》うことなく、サヴァドは普段《ふだん》と変わらない笑顔を見せてくる。

『そんなになるまで……僕を守るために我慢《がまん》したのに』

トトリの小さな手足には、一枚も爪《つめ》が残されていなかった。

その白い肌《はだ》には数えきれないほどの痣《あざ》が浮かび上がっていた。

おそらく、そんなトトリの悲鳴によって山の『鬼』をおびき出そうとしたのだろう。

そして、トトリはその全てに声を上げずに耐《た》え抜《ぬ》いたのだろう。

目の前にいるサヴァドに声を掛《か》けることができないほど憔悴《しょうすい》しながらも、村の人間に危害を加えて『鬼』として断罪されることを望まなかったのだろう。

『それでも……僕は、どうしても我慢できなかったんだ』

その怒《いか》りを体現するように、その顔は他者の血によって染まっていた。

『僕に向かって、いつも優しく笑い掛けてくれた君が傷つくくらいなら……たとえ「鬼」に成り果てようとも君のことを守りたかったんだ』

そう、困ったように笑いながらサヴァドは言う。


『ごめんね――最後まで、君と一緒《いっしょ》にいることができなくて』


そうトトリに向かって笑い掛けてから……サヴァドは背を向けて山に向かっていった。

その背中が徐々《じょじょ》に遠ざかっていったところで、再び場面が変わった。

それは先ほど見た村の様子と似ていた。

長く放置され続け、以前の面影《おもかげ》を残すだけで無残なほどに荒廃《こうはい》した村。

『――目標の「鬼」を確認《かくにん》しました、トトリ特級魔法士』

近くにいた魔法士がトトリに向かって声を掛けてくる。

『既《すで》に討伐《とうばつ》部隊の配備は整っています。目標が移動する前に全体で――』

『いらん。わし一人で行ってくるから、全員下がらせておいてくれんか』

『……相手は近隣《きんりん》の村々を壊滅《かいめつ》させた、人でも魔獣《まじゅう》でもない異形の怪物《かいぶつ》です。あの鬼が付近の村だけでなく、さらに先の町や都市にまで来たら――』

『この「獣憑き」であり特級魔法士であるトトリが負けるわけがなかろう。むしろ余計な者たちがいると、全力を出せなくて邪魔《じゃま》だと言っておるのじゃ』

話は終わりと言わんばかりに告げてから、トトリは立ち上がって山へと向かっていった。

そこだけは以前と何も変わっていなかった。

かつてサヴァドと会話を交わしていた時と同じ光景が広がっている。

そして――

『――約束を果たしにきたぞ、サヴァド』

そう、目の前にいる『鬼』に向かってトトリは声を掛ける。

その視線の先に、以前見た青年としての姿は無かった。

その身体は人間だけでなく周囲の木々を越《こ》すほどに大きく、その肌は魔力暴走による出血によって黒々とした色に変わっており、顔を覆《おお》うほど伸《の》びた髪《かみ》は土と泥《どろ》にまみれ、その顔は苦痛によって大きく歪み、髪の奥に見える双眸《そうぼう》は正気を失った獣のようだった。

それでも、トトリは眼前で身体を丸めている『鬼』に向かって呼びかける。

『数十年経《た》ったというのに……おぬしは本当に変わっておらんのう』

その『鬼』の腰についている、歪んで音も鳴らない鈴を見つめながら言葉を掛ける。

『暴走する魔力を無理やり抑《おさ》え込《こ》んで自らを苦しめて……もはや人としての意識も残っていないのに、その魔力が暴走して他者を巻き込むことがないように人里へと降りて近寄らせないようにして……最期くらい、自分のことを気《き》遣《づか》ってやったらどうじゃ』

ゆっくりとトトリは『鬼』に向かって歩み寄っていく。

その足を踏み出す度に、地面に向かって涙の軌《き》跡《せき》を描《えが》きながら近づいていく。

『もう……おぬしは十分に苦しんだはずじゃ。その身に余る力で「鬼」と呼ばれ続け、その身体すら異形に成り果て、人としての意識すらも失って……それでも人として在り続けようとして、ずっと独りで苦しんできたはずじゃろう』

トトリの右手にバチリと雷光《らいこう》が生まれ、流れ落ちる涙さえも消し飛ばしていく。

『ちゃんと……わしは約束を守ったぞ。おぬしが望んでいた誰《だれ》もが認める誇《ほこ》り高き魔法士になって、おぬしが褒《ほ》めてくれたように今では誰もがわしの魔法を褒めてくれるんじゃ』

そんなトトリに対して『鬼』は警戒《けいかい》するような唸《うな》り声《ごえ》を上げていた。

しかし、その言葉に耳を傾《かたむ》けるように真《ま》っ直《す》ぐトトリを見つめている。

『だからッ……ちゃんと目に焼き付けておくんじゃぞ……ッ‼』
鳥の囀《さえず》るような音を響かせながら、右手に集う雷光に形を与《あた》えていく。
その矛先《ほこさき》を『鬼』に向け、涙を流しながら右手に力を込める。

『――これが、立派な魔法士となったトトリの姿じゃ』

そう涙と共に笑い掛けながら、トトリは右手の雷矛を『鬼』に向かって放った。
それは一瞬《いっしゅん》の出来事だった。
地を揺《ゆ》らすほどの轟音《ごうおん》が山々に響き渡《わた》り、目を覆うほどの雷光で視界が塗《ぬ》り潰《つぶ》される。
そんな視界の中で――シャン、と小さな鈴の音が響いた。
やがて視界が戻《もど》った時……そこに『鬼』の姿はなかった。
目の前にあるのは雷撃《らいげき》によって焼き尽《つ》くされた大地しかない。
かつて、優しく笑い掛けてくれた姿はどこにもない。
苦しみの末に変わり果てた異形の姿もない。
『どうして……おぬしが「鬼」と呼ばれなくてはいけなかったんじゃ……っ‼』
地面に膝《ひざ》をつき、涙を流しながらトトリは慟哭《どうこく》する。

『おぬしは誰よりも優しかっただろうッ!?　いつも自分の力で誰かを傷つけるのを恐《おそ》れて、孤独に過ごすことを選ぶほどのお人好《ひとよ》しであっただろうがッ!!』

その怒りは誰に対して向けられたものか分からない。

孤独であることを選んだ最愛の人間に対してか、変わり果てた最愛の人間を殺すことしかできなかった自分に対してか、その最愛の人間に過酷《かこく》な運命を与えた者に対してか。

『わしはおぬしと一緒に生きたかったッ！　他者や世界の全てがおぬしを「鬼」と呼び続けるのなら、わしは隣《となり》で「優しき者《サヴァド》」と呼び続けてやりたかったッ!!』

感情のままに叫《さけ》んだ瞬間――魔力が光となって大きく揺らめいた。

トトリの身体から溢れるように、その魔力が広がって混ざり合っていく。

純白と煌黒《こうこく》の魔力が薄墨色《うすずみいろ》の魔力に変わり、空間を歪めながら穴を穿っていく。

『だから……頼《たの》むよ、サヴァド』

穿たれた穴に向かって、トトリは涙を流しながら懇願《こんがん》する。

『もう一度だけ――わたしに向かって、あなたが笑っているところを見せてほしい』

その願いを告げた直後、視界が大きく傾《かし》いで暗転した。

真っ暗になった視界が徐々に明かるさを取り戻していく。

荒廃した無骨な壁が並んでいる広間。

それがエルリアたちのいた尖塔《せんとう》の中だと気づくまで時間が掛かった。

「これが……わしの行った死者蘇生の禁呪じゃ」

目の前で座《すわ》り込んでいるトトリが弱々しい声音《こわね》で告げる。

「そこでわしの意識は途絶《とだ》えて……目が覚めた時には、様子を見に来た討伐隊の者たちに回収されておった。人ではない者として蘇ったサヴァドと一緒にの」

「…………そっか」

そう言葉を返してから、エルリアは袖《そで》でぐしぐしと目元を拭う。

そんなエルリアに対して、トトリは力無く笑いながら頭を撫でてくる。

「すまんのう、本当だったら禁呪を使ったところだけ見せられたらよかったんじゃが、記憶投影は対象の中で強く残っている記憶を再現するから余計なものまで見せてしまった」

「……余計なものなんかじゃない」

首を横に振りながらエルリアは言う。

「トトリにとって何よりも大切な記憶なんだから、余計なんて言っちゃいけない」

「……まったく、おぬしも大概《たいがい》お人好しじゃの」

そう苦笑を浮かべてから、トトリは静かに頷いた。

「なぜ禁呪が完全な形で成功したのかは分からんが……おそらく、禁呪によって生み出した魔力とサヴァドの持っていた魔力が適合した結果だとわしは考えておる。そこにわしの魔力が混じった影響《えいきょう》か、人間ではなく鬼の『獣憑き』として生まれ変わったがの」

「……禁呪を使ったから、サヴァドが『獣憑き』になったんじゃないの？」

「そもそも『獣憑き』のように身体変化が起こるのは、禁呪を行使した者に対して発現するものじゃ。過去の文献《ぶんけん》にも異形に変わったのは禁呪を行使した者と記されておる」

つまり禁呪によって引き出した魔力についての影響が出るとするなら、それを行使したトトリに対して現れなければならない。

だが、それが『獣憑き』という既に変化が起こっている者……遠い過去に禁呪の魔力の影響を受けた者だったために、その変化を免《まぬが》れることができたのかもしれない。

だからこそサヴァドが『獣憑き』に変わったのは禁呪そのものではなく、禁呪を行使したトトリの影響を受けたものではないかと推測するのも理解できる。

しかし、それならば――

「おぬしは、転生後にエルフから人間に変わったのじゃろう？」

その言葉の意味について、既にエルリアも理解している。

前世とは異なる種族で生まれた以上、エルリアは何者かによる影響を受けて人間に変わったということになる。

そして、エルリアと同じように前世から転生した『人間』がいる――

「――おぬしを転生させたのは、レイドである可能性が高い」

そう、トトリはエルリアに向かって告げた。

常人には存在していない特異な魔力。

人智《じんち》を超越《ちょうえつ》した、神域に存在する全能の魔力。

それが――レイドの身に宿っている魔力なのだろう。

「レイド自身が魔法《まほう》を扱《あつか》えない点、転生魔法に関する知識などを持っていないことを考えると……記憶の改竄《かいざん》か、事前に組《く》み込まれていた魔法式によって発動したものだと考えられる。少なくともレイドの意思によって行われたものではないじゃろう」

なぜレイドの身に宿っているのかは分からない。

それも黒幕によって仕組まれたことであるのかもしれない。

だが、たとえそうであったとしても――

「――それでも、わたしはレイドに『ありがとう』って言いたい」

その魔力を得たのは偶然《ぐうぜん》や作為的《さくいてき》なものかもしれない。

転生を行ったのもレイドの意思ではなかったかもしれない。

しかし……命を賭《と》して会いに来てくれたのは、誰でもない『レイド』の意思だ。

「レイドのおかげで、今のわたしは大好きな人と一緒にいることができる。同じ時を過ごして、同じ場所に一緒にいて、隣で一緒に歩きながら笑い合うことができる」

どれだけ望んだとしても、前世では叶《かな》わなかった願い。

それを叶えることができたのは、レイドがいてくれたからだ。

「大好きな人がわたしのために会いに来て、願いを叶える機会をくれたんだから……それ以外の言葉は浮かんでこない。だって前世では想像すらできなかったくらい、これから幸せな出来事がいっぱい詰《つ》まっているんだから」

そう語りながら、エルリアはトトリの身体を優しく抱きしめる。

「だから――あなたも大好きな人と一緒に笑っていていいんだよ、トトリ」

ぽろぽろと、大粒の涙を流しているトトリのことを抱きしめながら言う。

エルリアの胸に抱き留《と》められながら、トトリは静かに嗚咽《おえつ》を漏らし始める。

「ずっと……ずっと、不安だった……っ！」

子供のように泣きじゃくりながら、たった一人で抱いてきた想《おも》いを語る。

「サヴァドは今まで散々苦しんできたのに……わたしが抱いてしまった身勝手な願いのせいで、また苦しんでしまうんじゃないかって……っ！　あの人を苦しめていた『鬼』に変えてしまったことで、わたしのことを恨《うら》んでいるんじゃないかって……ッ!!」

きっと、サヴァドを蘇らせた時からトトリは苛《さいな》まれていたのだろう。

その罪悪感を一人で抱《かか》え続けていたのだろう。

だからこそ、エルリアはその想いを否定する。

他でもない、他者の手によって二度目の生を受けた者として語る。

「そんなことない。そうじゃなかったら一緒にいない」

「でもッ……でもっ……!!」

「だってサヴァドは笑ってた。あなたと一緒にいて、あなたの隣で笑ってた……前と違って、今は一人じゃないから」

記憶の中でトトリと過ごしていた時と同じように、サヴァドは笑顔を浮かべていた。

「だから……あなたも一人で泣かなくていいんだよ、トトリ」

そう言って、エルリアは泣きじゃくるトトリの頭を撫で続けていた。

いつまでも、その不安を拭い去ってやるように。

そして――これからは、たくさんの幸せな時を過ごせるように。

◇

レイドとサヴァドの二人で魔獣たちを殲滅《せんめつ》した後。

待機していたエルリアたちを呼び寄せ、五人で玉座の間へと向かっていた。

「いやぁ……レイドくんの動きは参考になるね。僕も近接戦闘《せんとう》には慣れていたつもりだったけど、身体の使い方が段違《だんちが》いだ」

「そりゃ五十年以上戦ってきたわけだしな。逆にサヴァドの動きは魔法も想定しているものだから、俺《おれ》が坊主《ぼうず》に剣《けん》を教える時の参考にさせてもらうよ」

「レイドくん自身が教えているなんて、その子は幸せ者だなぁ」

「それなら今度組手でもやってみるか？　力の使い方で言えば俺の方が先輩《せんぱい》だし、お前の実力だったら手合わせすれば簡単に身に付くだろ」

「それはいいね！　この件が片付いたら色々と勉強させてもらうよ！」

そうして二人で語り合っていると、エルリアが大きく首を傾げる。

「なんだか、二人がすごく仲良しになってる」

「ちょっと腹を割って話したって感じでな。サヴァドの力についてとか、過去に何があったかってことについても聞かせてもらった」

そう答えると、サヴァドが申し訳なさそうに頭を掻《か》きながらトトリを見る。

「ごめんね、トトリさん。彼には僕《ぼく》のことを話しておいた」

「構わんとも。わしもエルリアには全て打ち明けたのでな」

まるで憑《つ》き物《もの》が落ちたように、トトリはにぱりと華《はな》やいだ笑みを浮かべる。

「ふふんっ！　そのおかげで、もーっと仲良くなったのじゃっ！」

「うん。前よりも仲良しさんになった」

そんなトトリと手を繋《つな》ぎながら、エルリアも嬉《うれ》しそうに笑みを向けている。その様子を見る限り向こうも問題ないようだ。

問題があるとするならば――

「――ははは……またあたしだけ除《の》け者《もの》ってやつね……」

アルマが完全に拗《す》ねて落ち込んでいることくらいだった。

しかし前回より傷は浅かったのか、深々と溜息《ためいき》をついてからアルマは気を持ち直す。

「まぁ、なんかあんたたちの事情に関する話っぽいから無理に話さなくてもいいわよ。口外するつもりもないし、こっちで適当に補完するから気にせず話していてちょうだい」

「お前のそういうところは良い女だと思うぞ」

「まるで他のところがダメみたいに言うんじゃないわよ。さてと……それで玉座の間ってのはどこらへんにあるの？」

「だいぶ下ってきたから、そろそろ着くはずだが……まったく無駄《むだ》に見栄《みえ》張ったでかい城だったせいで、地下まで行くのに一苦労ってもんだ」

「いや君主の城って無駄にでかくて見栄っ張りなもんでしょうよ」

「だけど玉座の間が地下にあるっていうのは珍しいね。ヴェガルタにある王城は玉座の間とか王族の生活圏《せいかつけん》は高い階層だったと思うんだけど」

「そこらへんは国風ってやつだな。気候の変動が激しいアルテインだと外の影響を受けない地下が一番安全だったから、立場のある奴はみんな地下で生活していたんだよ」

盆地《ぼんち》ということもあって風雨に悩《なや》まされることは少なかったが、夏は灼《や》けるように暑くて冬は凍死者《とうししゃ》が出るほど寒くなることもある場所でもあったので、金と権力がある人間は地下に引きこもっていたということだ。

「まぁ――滅《ほろ》んじまったら一緒だけどなッ！」

そう言って、レイドが頑強《がんきょう》な扉《とびら》を蹴破《けやぶ》ると――そこには薄汚《うすよご》れた玉座があった。

華美《かび》な装飾《そうしょく》と意匠《いしょう》が施《ほどこ》された玉座。

人の手が入らなくなったことで埃《ほこり》を被《かぶ》ってはいるが、その豪奢《ごうしゃ》な玉座を見るだけで当時のアルテインの栄光が垣間見《かいまみ》えるように思えた。

「なんか色々思い出して腹立ってきたから、玉座ごとブッ壊《こわ》してもいいか？」

「閣下、ここ一応遺跡《いせき》だから私情でブッ壊すのはやめておきなさい」

「当時のレイドがどれだけ皇帝《こうてい》が嫌《きら》いだったのか分かる一言だった」

そうエルリアとアルマにがしっと腕《うで》を取られて止められてしまったので、忌々《いまいま》しい玉座を破壊《はかい》することは保留になった。せっかくなので溜《た》まった鬱憤《うっぷん》を晴らしたかった。

「それで非常用の脱出路《だつしゅつろ》っていうのはどこにあるんだい？」

「玉座の後ろにある床《ゆか》だ。ここらへんの機構はレグネアの絡繰《からく》り仕掛《じか》けを参考にして作っているから、電力を使わなくても開けられる」

玉座の背後にある床板《ゆかいた》を剥《は》がし、その中にあった装置を定められた手順で動かすと……玉座の背後にあった床が音を立てながら沈《しず》んでいった。

さらなる地下へと続いていく石階段。

「さて……ここから先は俺も進んだことがないから、道案内できるのはここまでだ」

「まぁ、脱出路って言うくらいだから外には繋がっているんだろうけど……砂漠《さばく》で見た人影《ひとかげ》っていうのは、もしかしての出口から砂漠に入り込んだ人間なのかな」

「そうかもな。出口を偶然見つけた奴がいて、そこから砂漠に入り込んだ盗掘《とうくつ》団か……それとも元から出口の場所を知っていた奴らが入り込んだのか確かめようじゃないか」

そう表情を改めてから、レイドたちは慎重《しんちょう》に階段を下っていく。

そして――階段を抜けた先には、開けた空間があった。

おそらく元は皇族の隠《かく》し財産や非常用の備蓄《びちく》を置いていた場所だったのか、装飾の施された宝石箱や朽《く》ちた樽《たる》などが転がっている。

しかし、それらにレイドは目を向けていなかった。

その空間の中央にある物を見つめていた。

それは――アルテインの軍旗だった。

しかし以前の黒と赤を基調としたものではなく、白と青の色合いに変わっている。

賢者《けんじゃ》の弟子《でし》であったティアナ・フォン・ヴェガルタと、英雄《えいゆう》の副官を務めたライアット・カノスが手を取り合うことで実現した連合軍の旗。

「……よくやったな、ライアット」

今は亡《な》き腹心の部下に向けて言葉を掛けてから、地面に倒《たお》れている軍旗を取る。

その地面を掘《ほ》り返すと……そこには箱型の魔具が置かれていた。

そこに入っている二通の手紙。

「――親愛なる将軍閣下へ」

その内の一通を開け、千年越《ご》しに送られてきた言葉を声に出して読み上げる。

『ティアナからの伝言、並びに与えられた任務を拝命し遂行致《すいこういた》しました』

『調査の結果、閣下が所持していた「剣」については生存している皇族から「ヴィティオスが持ち去った」という確かな証言を得ました。しかし両者の所在は依然《いぜん》として不明、目撃《もくげき》情報や証言から推測するに、やはり東部海域にて沈んだ可能性が高いとみています』

「――以上が報告となります、だってよ」

「…………え、それだけなの？」

「それだけみたいだぞ」

「御先祖《ごせんぞ》様……あれだけ閣下のことを熱心に綴《つづ》って子々孫々にまで受け継がせたんだから、千年越しの手紙くらいテンション上げて書きなさいよ……」

「真面目なあいつのことだから、報告文として私情は一切挟《いっさいはさ》まないようにしたんだろうな。十年経っても変わってないようで逆に安心したくらいだ」

そう苦笑《くしよう》してから、レイドはもう一通の手紙をアルマに手渡《てわた》す。

「こっちはアルマ宛《あ》てだ。私書かもしれないから読み上げの判断は任せる」

「……あたし宛て？」

「おう。親愛なる子孫アルマ・カノスってさ」

アルマは訝《いぶか》しみながら手紙を受け取り、その中身に目を通してから――

『自分の子孫に対して「初めまして」と言うのは不思議な気分だが許して欲《ほ》しい』

『ティアナから私の子孫に会ったと聞いた。それも閣下の手伝いをしていると聞いて誇らしいと心から思う。しかし君が本当に閣下のことを補助するのに相応《ふさわ》しいか判断するには早計とも考えている。未来では名誉《めいよ》ある特級魔法士になっているそうだが、それ自体は君の研鑽と実力で得た功績であり、カノスの名を継いだ者として私も鼻が高い。しかし閣下は我々の想像を遥《はる》かに超《こ》える思慮《しりよ》を持つ御方《おかた》だ。それを補助するためには慢心《まんしん》は大敵であり、常に向上心を持ち、立場に甘《あま》んじることなく研鑽を重ねなくてはならない。その中で閣下が行った事例の一つを例として語ろう。まずは――』

「おい待て、その手紙どれくらいあるんだ？」

「閣下大好きマンからの小言が十枚くらい続いてるわね」

「適当に流し読みしておけ。あいつの小言は長い」

「オーケー、御先祖様にならって閣下の命令を最優先するわ」

先祖から送られてきた熱烈《ねつれつ》なメッセージをアルマが無表情で読み進めていると、その手が最後の一枚に差し掛かったところで止まった。

「……最後に私とティアナから君への贈《おく》り物《もの》だ。カノスの一族であり、聡明《そうめい》な君であれば役立てることができるだろう。それでは期待しているぞ――アルマ・カノス」

そこまで読み終えたところで、アルマは地面を再び掘り返した。

先ほどよりも一回りほど大きい箱型魔具。

そこに入っていたのは――折り畳《たた》まれた連合軍の旗と一冊の本だった。

その旗を見た瞬間、エルリアがぴくりと反応する。

「その旗……《紡魔虫》の糸で編まれてる」

「紡魔虫って……確か乱獲《らんかく》で絶滅《ぜつめつ》した魔獣よね？」

「うん。魔力《まりょく》を帯びた状態で生成される糸が頑丈《がんじょう》で、手触《てざわ》りも良いから乱獲された。千年前の魔力回路の候補だったけど、当時の時点で数が少なくて諦《あきら》めた記憶がある」

「これって当時はどれくらいの価値があったの？」

「おっきな城と土地を買っても余るくらい」

「そんなもんを千年越しにぽんと渡さないで欲しいわ……っ！」

「きっとティアナがアルマ先生のこと気に入ったんだと思う。すごく珍しい」

そうエルリアはふんふんと頷《うなず》きながらアルマの肩《かた》を叩《たた》く。実は二人がかなり遠い親戚《しんせき》ということには気づいていないようだ。

「それで……そっちの本はアルテイン軍の名簿《めいぼ》と同じ装丁《そうてい》だけど……それと比べたら少し薄《うす》いから、連合軍に所属していた奴らの名簿ってところか？」

「そうみたいね……ただ、普通《ふつう》の名簿と違《ちが》って細かく注釈《ちゅうしゃく》が入っているというか、御先祖様から見た評価とか性格まで書いてあって――」

そこまで語ったところで、アルマは何かに気づいたように顔を上げた。

「……これはまた、ずいぶんと大きな期待を掛けられたもんだわ」

「何か分かったのか？」

「まぁ……実現できるか分からないけど、御先祖様たちが何をやらせようとしているのかは理解したってところかしらね」

そう答えてから、アルマは軍旗と名簿を自身の鞄《かばん》の中に入れた。

「これはしばらく徹夜《てつや》ねぇ……総合試験も近いから時間ないし、教員関連の事については全部フィリアに丸投げするとして――」

「――アルマさん、静かに」

そう、サヴァドが声を潜《ひそ》めながら言葉を遮《さえぎ》った。

それに合わせて、トトリがぴくぴくと耳を揺らす。

「……誰かおるようじゃの」

「うん……それも一人じゃなくて、数十人くらいの規模だ」

その言葉を聞いて、レイドたちも二人が見つめている方向を探《さぐ》る。

その直後──


飛来した光弾《こうだん》が、サヴァドの身体を貫《つらぬ》いた。


「────ッ⁉」

短い息を吐《は》きながらサヴァドがその場で膝をつく。

その傷口を手で押《お》さえながらも、止めどなく血が溢《あふ》れていく。

「──おいおいおい、どうしてこんなところに人がいるってんだ」

そう暗がりから複数の気配と人影が近づいてくる。

「クソったれがよぉ……ただでさえ潰れた祖国を眺《なが》めて気分悪ぃってのに、こんな砂漠の下にまで入り込むドブネズミがいるのかよ」

漆黒《しっこく》の鎧《よろい》を身に纏《まと》う白髪《はくはつ》の男。

その顔には真横に走る傷があり、その紅《あか》い瞳《ひとみ》が不愉快《ふゆかい》そうにレイドたちを眺めている。

しかし、レイドたちが眺めていたのは容姿ではない。

白髪の男が率いる者たちが身に纏っている漆黒の制服と紋章《もんしょう》。

それは――漆黒と真紅《しんく》に彩《いろど》られた、アルテインの紋章だった。

そんな白髪の男に向かって、レイドは目を細めながら問い掛ける。

「……俺たちがドブネズミなら、お前らは遺跡を荒《あ》らしにきた盗人《ぬすびと》ってところか？」

「ああ……？　なんだそこのドブネズミ、そいつぁ俺に言ったのか？」

「お前だけじゃなくて、そこにいるお前たち全員に言ったんだよ」

「ハハッ！　こいつは威勢《いせい》が良いじゃねぇかッ！　クソつまらねぇドブネズミかと思ったら、愉快《ゆかい》な冗談《じょうだん》が飛ばせるネズミだったとはなァッ⁉」

そう、巨大《きょだい》な戦斧《せんぷ》を担《かつ》ぎ上げながら白髪の男は笑う。

「あぁ……いや笑うのはよくねぇよなァ？　てめぇらネズミ共は俺たちのことどころか、何も知らない間抜《まぬ》け共なんだからよ」

そして、戦斧を軽々と持ち上げてから――

「――俺は『英雄』様だ、分かったらさっさと死んどけ」

そう、邪悪《じゃあく》な笑《え》みと共に名乗りを上げた。

「おい、あの中に対象はいるか？」

「ハッ！　確認できたのは『トトリ・ヤヒガシ』の一名のみでありますッ!!」

「俺が名前で言われて分かるわけねぇだろうがよ。どのネズミが対象かって聞いてんだ」

「失礼しましたッ！　対象は獣人《じゅうじん》、小柄《こがら》で金髪《きんぱつ》の少女でありますッ！」

「それでいいんだよ。そんじゃ――それ以外のネズミは全員殺せ」

そう白髪の男が指示を出した瞬間《しゅんかん》、周囲にいた黒服の男たちが武器を構える。

その武器には見覚えがあった。

「――全員、防がずに回避《かいひ》しろッ!!」

レイドが掛け声を放った瞬間――炸裂音《さくれつおん》が響き渡った。

炸裂音が断続的に響く中、レイドたちは岩陰《いわかげ》に身を置いて様子を窺《うかが》う。

そして……飛来してきた物体が、レイドたちの足元に転がり落ちてきた。

小さい、金属の光沢《こうたく》を放つ黒い物体。

それを目にしたことで、アルマが声を張り上げる。

「ちょっと閣下ッ！　なんで受けちゃダメなのよッ⁉　こんなもん飛ばされたところで、防壁《ぼうへき》や結界を使えば簡単に防げ――」

「これは、お前たち魔法士じゃ防げない代物《しろもの》なんだよ」

その金属を拾い上げてからレイドは詳細《しょうさい》を確認する。

「こいつは《武装竜《ぶそうりゅう》》が生成した鎧で作った銃弾《じゅうだん》だ」

「それって……前に、アルテインが遠距離《えんきょり》戦《せん》で使っていた武器？」

「ああ。アルテインだと遠距離戦闘では『銃《じゅう》』を使っていたが……魔法に対して威力《いりょく》が劣《おと》るし、防壁や結界で簡単に防がれちまう。だから俺たちも牽制《けんせい》目的でしか使っていなかったが……この銃弾は魔力を減殺《げんさい》して防壁や結界の類を貫通《かんつう》する代物だ」

以前、試験中に戦った《武装竜》の鎧を素材とした弾丸《だんがん》。

しかし、それは千年前には実現しなかった物だった。

「《武装竜》は魔鉱石以外の金属も食うから堅牢《けんろう》で加工が難しい。かといって食わせる鉱石や金属を厳選すると強度が足りなかったり、摂取《せっしゅ》した素材が偏《かたよ》ると鎧が形成されなかったり、色々と問題があって結局断念されたんだよ」

だからこそ、アルテインは捕獲《ほかく》した《武装竜》そのものを生物兵器として投入し、結果として制御《せいぎょ》を失って自陣営《じじんえい》にも大きな被害《ひがい》をもたらして計画は破棄《はき》された。

つまり——この世界では実現することがなかった武器ということだ。

「普通の魔法でも叩き落とせるが、それも威力が大幅《おおはば》に削《そ》がれる。間違《まちが》いなく魔法に対して特効性能が高い代物だと考えた方がいい」

「……つまり、あたしとトトリは戦力外ってわけね」

「そうだな。二人は脱出《だっしゅつ》のための準備に備えておいてくれ。エルリアは『加重乗算展開』で無理やり突破《とっぱ》できるし、俺も弾丸の軌道《きどう》を読めば被弾《ひだん》しない自信がある」

「だけど……こいつらを野放しにするわけにはいかないよね？」

そうサヴァドが荒《あら》い吐息《といき》と共に言うと、トトリが表情をしかめる。

「……あいつらの向かってきた方向から、何やら邪《よこしま》な気配が漂《ただよ》っておる。わしにとって……その気配は誰よりも身に覚えがあるものじゃ」

その言葉が指す意味は明白だった。

禁呪。

過去のレグネアにおいて、数多《あまた》の犠牲《ぎせい》と共に災厄《さいやく》を振《ふ》りまいた術法。

「ここは僕が対処する。だからレイドくんたちは白髪の男を追って、その奥《おく》で行われているであろう禁呪を止めて欲しい」

「やめておけ。今のお前じゃ下手したら死ぬだけだ」

「いや……今の僕だからこそできるんだ。もちろん死ぬつもりでもないよ」

額から汗《あせ》を流し、脇腹《わきばら》から血を流しながらも立ち上がる。

「トトリさん、悪いけど少し行ってくるよ」

「……絶対に戻ってくるんじゃぞ」

「うん――何があっても君のところへ帰るために、僕はこの魔法を作ったわけだしね」

そう、トトリに向かって笑い掛けてから――

銃弾の雨の中に向かって、サヴァドは勢いよく飛び出した。

その銃弾たちがサヴァドの肉体を抉《えぐ》り、幾度《いくど》となく鮮血《せんけつ》を散らしていく。

それでもサヴァドは足を止めない。

ただひたすら真っ直ぐ、黒服の兵士たちに向かって進んでいく。

「――最初の『鬼《おに》』は君たちだ」

謳《うた》うように言葉を紡《つむ》いだ瞬間――飛び散っていた鮮血が赤い糸へと変わった。

傷ついていくサヴァドの肉体へと纏わりつくように、鮮血の糸が身体を覆っていく。

「見つけた、見つけた、見つけた――」

その銃弾を放つ者たちを見定めるように、半面の奥にある眼を向けていく。

身体からおびただしい血を流しながらも、その者たちを決して見逃《みのが》さない。

そして――

「――次は、僕が『鬼』だ」

自身の胸元《むなもと》に向かって、金砕棒を突《つ》き入れた。

その直後、サヴァドの身体に変化が起こった。

溢れ出た鮮血によって膨《ふく》れ上がっていく肉体。

その身体が異形と呼ぶべき者へと変貌《へんぼう》していく。

「全員捕《つか》まえるまで終わらない。たとえ泣いても終わらない――」

その胸元に突き刺《さ》した金砕棒を強く握《にぎ》りしめ、自身の根源たる魔法を名乗る――


「――《鬼哭譚《きこくたん》》」


その金砕棒が抜《ぬ》き放たれると同時に、その半面が魔力に変わり散り消えた。

それと同時に、サヴァドの姿が消えた。

「なッ――総員、目標を再度捉《とら》え――ッ!?」

兵士の一人がそう口にした直後、その頭部が力任せに弾《はじ》き飛ばされた。

その頭が鮮血と共に軌跡を描き、鈍《にぶ》い音を立てて地面に転がる。

「まずは――一人」

そう、サヴァドは口が裂《さ》けんばかりに笑っていた。

そこに普段《ふだん》の柔和《にゅうわ》な表情はない。

まるで――人ではない何かに取り憑かれたように、邪悪な笑みを浮《う》かべている。

「ヒッ!? なんで、あれだけ魔《ま》抗弾《こうだん》を撃《う》ち込んだのに生きてッ――」

その言葉も最後まで終わることはなく、兵士の身体は振り抜かれた金砕棒によって強引《ごういん》に引き千切られて両断される。

飛び散る鮮血を浴びながら、その様子を楽しむように『鬼』が笑っている。

その様子を見て、エルリアは何かに気づいたように顔を上げた。

「あれって――」

「呪術《じゅじゅつ》の原点……古くは『呪《のろ》い』と言われていたものじゃ」

そう『鬼』に変貌したサヴァドを見つめながらトトリは言う。

「怨嗟《えんさ》や恨みによって他者との縁《えん》を繋ぎ、その者たちを呪うことで行われる術……それが呪術と呼ばれる術法の根源じゃ。今でこそ魔法に近い物に変わってはいるが、『呪い』は自身だけでなく他者の魔力にも反応して行われる」

「……だから、サヴァドだけの魔力を減殺しても意味がない」

「そういうことじゃ。そして対象を呪っている間はどれだけ攻撃《こうげき》を受けようとも、どれだけ傷つこうとも、その縁が切れるまで奴《やつ》は何度でも肉体を再生し、一時的に不死身の肉体を得るというのが奴の《鬼哭譚》という魔法じゃ。代わりにサヴァドとしての意識を失い、術を解除するまでは完全に『鬼』に囚《とら》われてしまうがの」

そう答えたところで、トトリは静かに立ち上がる。

「わしはサヴァドの術式を解除する必要があり、アルマには脱出の準備を行ってもらう必要がある。すまんが、この先に潜んでいる者たちはおぬしたちに任せても良いか」

「……分かった。こっちは任せておけ」

「うん。わたしたちだったら大丈夫《だいじょうぶ》」

そう言葉を返したところで——レイドたちは一息で兵士たちの上を飛び越《こ》えた。

「突破されたぞッ‼　後衛、対処し——があああああああッッ⁉」

後方から断末魔《だんまつま》が聞こえてくるのも厭《いと》わず、レイドたちはひたすら走り続ける。

その度に異様な気配が濃くなっているように感じた。

得体の知れない、今までに感《こ》じたことがない奇妙《きみよう》な感覚。

そして、視界が開けたところで——レイドたちは立ち止まった。

そこにあったのは、祭壇《さいだん》のような物であった。

周囲に焚《た》かれた篝火《かがりび》によって照らし出されている祭壇。

その祭壇を取り囲むようにして、黒服の兵士たちがいた。

おそらく……その兵士たちは三十人といったところだろう。

しかし、その正確な人数は分からない。

既《すで》に──見当がつかない状態に成り果てている。

「ああ？　なんだおい、まさかドブネズミに突破されたってのかよ？」

レイドたちに気づいた白髪の男が忌々しそうに振り返る。

仲間である兵士の首を手にしながら。

「チッ……いくら下《した》っ端《ぱ》とはいえ、猿《さる》以下のネズミすら相手にできねぇとか何やってんだ。おかげで計画が狂《くる》いまくりじゃねぇかよ」

そんな言葉を吐き捨てながら、手にしていた首を祭壇に向かって放り投げる。

その兵士だけではない。

祭壇の周囲にいる兵士たちは……皆《みな》一様に首を刈《か》り取られ、腕を落とされ、まるで供物《くもつ》のように祭壇の中央に捧《ささ》げられていた。

その常軌《じょうき》を逸《いっ》した光景を目の当《ま》《あ》たりにして、レイドは反射的に拳《こぶし》を握り締《し》める。

「……てめぇ、自分の仲間を手に掛《か》けるとか正気か」

「別にネズミ共には関係ねぇだろうがよ。あとで殺してやるからおとなしく――」

その言葉が終わるよりも早く――レイドは白髪の男に向かって飛び掛かっていた。

「てめぇの仲間を殺して、何も思わないのかって訊《き》いてんだよッ!!」

バヂリと魔力が迸《ほとばし》る感覚を纏い、渾身《こんしん》の蹴撃を放つ。

それは、確実に相手の命を刈り取る一撃《いちげき》だった。

それに値する十分な力を込《こ》めたはずだった。

相手が人間であるならば、その一撃に耐《た》えることはできない。

どれだけの大型魔獣《まじゅう》であろうと、その蹴撃の前には為《な》す術《すべ》なく命を刈り取られる。

その一撃を――白髪の男は戦斧によって受け止めた。

後退することさえなく、確実にレイドの一撃を受け止めてみせた。

その結果にレイドは内心で驚愕《きょうがく》しながらも、平静を装《よそお》って距離《きょり》を取る。

そして……白髪の男もまた、そんなレイドに対して鋭《するど》い視線を向ける。

「……おい、なんだ今の一撃。この時代は魔法しかねぇはずだろうがよ」

レイドのことを値踏《ねぶ》みするように、白髪の男が祭壇から睥睨《へいげい》する。

「なのに――どうして俺様と同じ力を使ってやがる、クソガキ」

そう、白髪の男はハッキリと口にした。

その全ての言葉からレイドは推測を立てる。

本来なら存在しない技術、『この時代』という言葉、レイドと同じ力、ルフスが未来の魔力によって『護竜』たちから告げられた言葉――


「お前が――未来の『英雄』か」


その言葉を聞いた瞬間、白髪の男は舌打ちと共に表情を歪《ゆが》める。

「チッ……てめぇ、ウォルスのクソ野郎《やろう》と繋がっている奴か」

「それを素直《すなお》に答えるとか思ってんのか、傷野郎」

「英雄様に対する口の利《き》き方《かた》が分かってねぇなクソガキ。だが……あの裏切り者とつるんでいるなら、ここでやり合っている場合じゃねぇな」

そうして二人が睨《にら》み合って膠着《こうちゃく》していた時……祭壇の奥から兵士が駆《か》け寄ってきた。

「閣下ッ！　準備が完了致《かんりょういた》しましたッ!!」

「遅ぇぞ。チンタラやってんじゃねぇよボケが」

能性もあるから覚醒《かくせい》を促《うなが》さずに実行する。最後に務めを果たせ」

「前でネズミを足止めしていた奴らが戻《もど》ってこねぇ。ウォルスのクソ野郎が絡《から》んでいる可

そう、白髪の男に対してアルテイン式の敬礼を向ける。

「ウィリアム・ホウストですッ！」

「そんじゃ、てめぇの名前を言え」

「申し訳ありませんッ!!」

「ハッ！　承知しましたッ!!」

意気《いき》揚々《ようよう》と返答してから、兵士は腰《こし》に差していた拳銃《けんじゅう》を取り出し――

「祖国――アルテインに栄光あれッ!!」

そう声高々と叫《さけ》んだのと同時、炸裂音が祭壇の中で響《ひび》き渡《わた》った。

兵士が倒れる鈍い音が響く中、白髪の男は満足そうに頷く。

「大義だったぜ、ウィリアム・ホウスト」

自らの命を惜《お》しむことなく捧げる姿。

祖国のために命を捨てて殉《じゅん》じる精神。

その常軌を逸した行動に目を奪《うば》われていた時――地面が大きく揺《ゆ》れ始めた。

天井《てんじょう》が崩落《ほうらく》し始め、祭壇を埋《う》め尽《つ》くすように岩板が降り注いでくる。

「じゃあなクソガキ、先にあの世へ行ってウォルスの野郎でも待っておけ」

瓦礫《がれき》に埋もれていく最中、白髪の男が紅眼を向けながら凶笑を浮かべている。

「それでも俺様の前に出てきやがったら——今度は確実にブッ殺してやるよ」

そんな言葉を残しながら……白髪の男は降り注ぐ瓦礫の中に消えていった。

その後ろ姿を眺めながら、レイドはエルリアに向かって指示を飛ばす。

「ッ……エルリア！　お前の魔法《まほう》で瓦礫を止めて——」

そう振り返ったところで、レイドは言葉を止めた。

レイドの服を掴《つか》みながら、身体を震《ふる》わせているエルリアの姿。

「…………どうして」

俯《うつむ》きながら、エルリアが声を震わせて呟《つぶや》く。

「どうして……あの人は『ウォルス』って名前を呼んだの？」

顔を上げ、不安そうにレイドを見つめながら告げる。

「どうして——わたしのお父さんの名前を呼んだの？」


そう、泣きそうな顔でエルリアは告げた。

四章

その後、レイドたちは崩落する地下から脱出して関所に戻ってきた。

地下にあった脱出路が崩落したことで、そこに砂の重みが加わって連鎖的《れんさてき》に帝都《ていと》の一部が沈下《ちんか》することになり、遺跡周辺に留《とど》まるのは危険だと判断したためだ。

幸いなことに、レイドたちの中で死傷者は出なかった。

最初にサヴァドは傷を負ったが、トトリの話では《鬼哭譚》は自身を一時的な不死に変え、解除時には傷を負った肉体などを治癒《ちゆ》して元の状態に戻すとのことだった。

しかし……皆の表情は一様に暗かった。

そんな中、関所の人間に報告をしていたアルマが戻ってくる。

「向こうに調査結果を報告してきたわ。魔獣狩《まじゅうが》りの成果と地下遺跡についても話したけど、しばらく周囲で崩落が起きる可能性もあるから近づかないようにって伝えてきた」

「悪いな。お前も無茶《むちゃ》したのに報告まで任せちまってよ」

「別に構わないわよ。閣下のお褒《ほ》めの言葉で元気百倍ってね？」

そうアルマはにかりと歯を見せて笑うが、その顔には疲労《ひろう》の色が見えている。

なにせ崩落よりも早く脱出するために数えきれないほどの骨兵たちを生成して尖塔《せんとう》までの脱出経路を確保しただけでなく、その後も関所まで止まらずに走ったのだから当然だ。

「そっちの二人もご苦労さん。サヴァドの方は大丈夫か？」

「ああ……僕の方も気にしなくていいよ。《鬼哭譚》を使った後は完全治癒が行われた状態で戻るからね。まぁ……その分、心身に負担が大きいから乱用はできないけどね」

そう笑顔《えがお》を繕《つくろ》ってはいるが……その額には玉のような汗が浮かんでおり、今もトトリの肩を借りて座《すわ》っている状態だ。

「わしらのことよりも……そっちは何があったのじゃ？」

俯いているエルリアに視線を向けながらトトリは言う。

そんなエルリアに代わって、レイドは静かに息を吐いてから答える。

「……エルリアの父親が今回の一件に関わっている可能性がある」

「それって……ガレオン・カルドウェンじゃないってことよね？」

「ああ。転生前の父親……エルフだった時の父親だ」

その人物についてレイドは詳《くわ》しく知らない。

エルリアの口からも詳しく語られたことはない。

「……ウォルス・カルドウェン。それがわたしのお父さんの名前」

ぽつりと、呟くようにエルリアは語り始める。

「お父さんはわたしに魔術《まじゅつ》を教えてくれた人で、いつも色々なところに飛び回っていたから一緒《いっしょ》に過ごした時間は少なかったけど……帰ってきた時にはわたしの魔術を見てくれて、その成果を見せる度にいつも褒めてくれた」

きゅっと手を握り締めながら、父親と過ごした思い出について語る。

「お父さんに褒めてもらいたくて、わたしはたくさん魔術の勉強をしたけど……それでもお父さんには一度も敵《かな》わなかった」

それは当然と言えるだろう。

いくら魔術を学んだとしても、当時のエルリアは幼い子供でしかない。

エルフは人間を遥かに超える寿命《じゅみょう》の種族だが、成人を迎《むか》えるまでは通常の子供と変わらないため、魔術を理解しただけでもエルリアは異質と呼ぶべき天才だっただろう。

だが、もしもその才能について既に知っていたのなら。

いずれエルリアが『魔法』という存在を作り出すと知っていたのなら。

その全てを知っていて、父親が成長を促すために魔術を教えていたのなら。

「その時、お父さんはわたしに向かって言ったの」

他でもない、エルリアが『賢者』として歩み出した原点。
「いつか――わたしの願いを叶《かな》える『魔法』を作り出せるようにって」
当時には存在するはずがない『魔法』という言葉。
それを千年前にいた父親が口にしたということ。
だからこそ……エルリアも心のどこかで疑問を抱《いだ》いていたのだろう。
その言葉を口にした、自身の父親が何か関わっているのではないかと。
そして……それは白髪の男が口にした名前によって確信に変わった。
それによって、心の片隅《かたすみ》にあった疑念が明らかになってしまった。

「わたしは――誰《だれ》なの？」

そう、エルリアは絞《しぼ》り出すように疑問を口にする。
かつて『賢者』と呼ばれていた自分は作られた存在だった。
それなら……以前のエルリアは何者だったのか。
本当に千年前に生きた者だったのか。
それとも遠い未来から過去に戻った者なのか。

そして――なぜ未来の英雄に『殺さなければならない』と言われたのか。

「わたしはッ――」

「お前はエルリア・カルドウェンだ」

そう、エルリアの言葉を遮ってレイドはその名前を呼んだ。

静かに顔を上げたエルリアに向かって、レイドは言葉を掛ける。

「趣味《しゅみ》は読書で、好きな飲み物はぬるめのミルクティー、疲《つか》れた時にはひなたぼっこしながら昼寝《ひるね》をして、普段は人見知りだけど魔法の話だと誰よりも饒舌《じょうぜつ》になって、負けず嫌《ぎら》いで何があっても絶対に諦めることはなくて、普段はぽけぽけして危なっかしいくせに、戦いだと誰よりも強くて綺麗《きれい》で見惚《みと》れちまうような奴だ」

真《ま》っ直《す》ぐ、エルリアの瞳を見つめながらレイドは言う。

「それが――今まで俺《おれ》が見てきた『エルリア・カルドウェン』って女だ」

その瞳に浮かんでいる不安を拭《ぬぐ》うようにレイドは笑う。

「お前が過去に何者だったなんてのは分からない。何なら千年前のお前が何をしていたのかも知らない。だけど……戦いの中で見てきた、そして転生してから今まで一緒に過ごしてきた『エルリア・カルドウェン』のことだったら俺はよく知っているつもりだ」

普段と同じように、その手でエルリアの頭を撫《な》でながら告げる。

「それが――俺の惚《ほ》れた『エルリア・カルドウェン』って女だ」

千年前に数えきれないほど刃《やいば》を交えた者として。

そして婚約者《こんやくしゃ》として常に傍《かたわ》らにいた者としてレイドは告げる。

しばらく、エルリアは呆然《ぼうぜん》とレイドのことを見つめていた。

そして、不思議そうに首をこくんと傾《かし》げた。

「…………俺の惚れた女？」

「…………ん？」

そうエルリアが訊き返したところで、レイドも大きく首を傾げた。

しばらく二人で固まっていたところで、なんとなく他の三人に視線を向ける。

アルマたちもレイドに視線を向けたまま、目を丸くして固まっている。

そして再び、エルリアの方に向き直ってみる。

「………………………………」

両手でぎゅっと髪《かみ》を握って、顔が見えないように覆《おお》い隠《かく》していた。

しかし、その耳はこれ以上ないほど真っ赤になっていた。

…………。

………………。

そこでようやく、レイドは自分が何を口走ったのかを理解した。

「これは……もしかして？」

「閣下、あたし少し前に閣下から聞いた言葉があるのよ」

「おう言ってみてくれ」

「決着がつくまで、俺たちは『婚約者』のままってわけだ」

「めちゃくちゃ俺にも聞き覚えがある言葉だな」

「ちなみに閣下、さっき自分で言った言葉は覚えてる？」

「俺の惚れた女だって、本人に向かって言っちまったな」

「はいアウトオオオオオオオオオオオオオオオオッッ!!」

アルマが懐《ふところ》から連合軍の旗を取り出し、スパァンッと勢いよく頭を叩いてきた。

「え、なんでっ⁉　今まで散々もったいぶっていたくせにっ⁉」

「いやぁ……なんかつい口から出ちまったみたいだな」

「なんか決着つけるまで絶対言わないような雰囲気《ふんいき》だったくせに、そんな思わずポロっと出ちゃったみたいな感じはダメでしょっ⁉」

「俺だって人間なんだから、そりゃポロっと本心が出ちまうことくらいあるだろ」

「ああっ！　なんか腹立ってきたっ!!　今まで二人のことを眺めながら、もどかしいから告っちまえーとか思ってたけど無性《むしょう》に腹立ってきたわッッ!!」

「よ、よく分からんが落ち着くのじゃアルマっ!!」

「ええと……あれ、そもそも二人ってそういう仲じゃなかったのかい？」

軍旗でバシバシとレイドを殴《なぐ》りつけるアルマに対して、深く事情を知らない二人が困惑《こんわく》しながら止めに入ってくる。

暴走するアルマをいなしながら、レイドは再びエルリアに向かって告げる。

「ともかくお前は『エルリア・カルドウェン』だ。過去にどんな奴だっただろうが今のお前には関係ないし、俺が知っているのは今のお前だけってことだ」

「よ、よく、わ、分からない……っ」

真っ赤になった顔を髪で隠しながら、エルリアはふるふると首を何度も振る。

「う、嬉《うれ》しすぎて……全部、どうでもよくなっちゃった……っ」

そう、耳を真っ赤にしながらエルリアは言う。

実際、先ほどの言葉はレイドにとって偽《いつわ》りのない本心だ。

たとえエルリアが何者であったとしても、レイドにとっては何も変わらない。

今まで自分が見てきた『エルリア・カルドウェン』という少女であり、そんな少女に対してレイド・フリーデンという人間は恋《こい》をした。

たった——それだけの単純な話だ。

「あぅ……ぁぅ……」

「これはエルリアちゃんが完全に茹《ゆ》で上がっちゃったから冷まさないとダメかしらね」

「そんじゃ俺たちを襲《おそ》ってきた奴らの話に戻すか」

「えぇ……この空気の中で殺伐《さつばつ》とした話に戻るのかい……？」

「いや、まぁその方が正しいんじゃがのう……」

困惑しながらも、二人が軽く咳払《せきばら》いをしてから表情を改める。

「おぬしらを先行させた後にサヴァドの《鬼哭譚》を解除して、話を聞き出すために数名を捕縛《ほばく》したのじゃが……そちらについて話を聞き出す前に自害しおった。情報に繋《つな》がりそうなのは、奴らが所持していた魔装《まそう》具らしき物くらいじゃ」

その光景を思い出したのか、トトリが苦々しい表情を浮かべる。

「奴らには一切《いっさい》の躊躇《ちゅうちょ》がなかった。まるで最初から死を覚悟《かくご》していたみたいじゃった」

「つまり……最初から、あいつらは死ぬ覚悟だったんだろうな」

「……どういうことじゃ？」

「俺たちが向かった先には祭壇みたいなものがあった。そこで……白髪野郎《はくはつやろう》は自分の部下たちを一人残らず殺していた。まるで生贄《いけにえ》として捧げるみたいにな」

常軌を逸した残虐《ざんぎゃく》な光景。

そして、最後にアルテインの名を口にしながら頭を撃ち抜いた黒服の兵士。

その表情に一切の怯《おび》えなどはなかった。

まるで最初から全てを覚悟していたように、その動作には一切の迷いがなかった。

「禁呪の中には、人間の命を捧げるって儀式《ぎしき》もあるんだよな？」

「……うむ。実際に祭壇を見ていないので詳細は分からぬが、生きた人間を人柱として儀式を行う内容も記されておる」

しかし、とトトリは渋面《じゅうめん》を作りながら言葉を続ける。

「その内容までは絞り切れんじゃろうな。なにせレグネアの禁呪は全て『失敗した場合』のことしか記されておらん。奴らが何らかの方法で成功させる術を知っていた場合、その結果はわしらには想定できないものじゃ」

「……だが、あいつらは確実に禁呪を成功させたはずだ」

成功する算段がなければ、その命を捧げることなどできない。

たとえそれが上からの命令であったり、他者の精神を支配して操《あやつ》っている場合だったとしても、不確定な事柄《ことがら》に対して数十名の人員を消耗《しょうもう》するとは考えにくい。

それに——あの白髪の男が見せた笑みが頭から離《はな》れない。

あの笑みには、何か確信があって動いているように見えた。

そんな時、アルマが何かに気づいたように眉《まゆ》を上げる。

そして通信魔具を取り出し、その内容に目を通したところで目を見開いた。

「……閣下、その禁呪で行った内容が分かったかもしれない」

「……なんだって？」

そう訊き返した時、部屋のドアが叩《たた》かれた。

「お話中に失礼しますッ！　カノス特級魔法士はいらっしゃいますかッ⁉」

切迫《せっぱく》した声音《こわね》と共に、関所に駐屯《ちゅうとん》していた魔法士の一人が入ってくる。

そして、青ざめた表情を浮かべながら——

「パルマーレの近海にて——超大型魔獣《ちょうおおがたまじゅう》の出現が確認《かくにん》されましたッ‼」

◇

超大型魔獣が出現したという一報を受け、レイドたちはパルマーレに急行した。

だが──そこにあったのは、以前見た風景とは変わり果てた光景だった。

「…………ひどい」

レイドたちが降り立った港は、船の残骸《ざんがい》によって無残なほどに荒《あ》れていた。

その瓦礫は津波《つなみ》によって運ばれたのか、綺麗に整備されていた路上に散らばっている。

そうして地上を流れた濁流《だくりゅう》によって港周辺の建物は純白から茶色に変わっており、今も足元には潮気を帯びた汚水《おすい》が流れている。

それらを眺《なが》めてから、アルマは同行している魔法士に問い掛ける。

「現在までに確認できている情報と被害状況《ひがいじょうきょう》の報告をしなさい」

「ハッ！　東部海域を航行していた船舶《せんぱく》から『進路上に島が現れた』という報告を受けた後に津波が発生、それらが東部海域に面していた都市や町に押《お》し寄せ、出現後に発生している断続的な地震《じしん》によって現在も軽微《けいび》ながら被害が出ています」

「住民や観光客の避難状況《ひなんじょうきょう》については？」

「確認した限りですが……避難《ひなん》が完了《かんりょう》したのは六割程度だと見られています」

「……六割？　なんだってそんなに避難が遅《おく》れているのよ？」

「出現時に起こった第一波によって、河川《かせん》等を遡上《そじょう》した濁流が橋脚《きょうきゃく》を破壊《はかい》して崩落、それによって避難に遅れが出ています。幸いにも出現したのがパルマーレ近海であったため、魔具を用いた水流操作によって致命的《ちめいてき》な被害は免《まぬが》れましたが……魔具の七割は破損、第二波では東部海域に面した地域が壊滅的《かいめつてき》な被害を受けると予想されます」

そう暗い表情と共に魔法士は詳細を報告する。

「つまり……あいつが動き出したら、次は無いってことね」

遠視魔具を使いながら、アルマは東部海域の沖に浮かんでいる物体を見る。

それは——青と紫《むらさき》が入り混じったような、不気味な色彩《しきさい》の『島』だった。

海上を漂うようにして『島』が蒼海《そうかい》の中でぽつりと浮かんでいる。

しかし……その『島』はレイドたちがいる港からも肉眼で確認できるほどで、そこから逆算すると通常の魔獣とは桁違《けたちが》いの大きさであるのは明白だった。

そして……地上にいる人間たちを嘲笑《あざわら》うように地面が振動《しんどう》する。

「この地震についても、あいつが出てきてから起こっているのよね？」

「はい。出現が確認された後、不定期に地震が発生しています」

「……なるほど。それなら海底に本体が接地しているのは間違いないわね」

そうアルマが断定すると、報告を行った魔法士の表情が強張《こわば》る。

つまり……今見えているのは魔獣の一部でしかない。

その本体は海中にあり、水深を考えると相当な巨躯《きょく》であることが窺《うかが》い知れる。

「はぁ……まだ地上とか空に出てきたりした方がマシだったわね」

「まったくじゃな。水上戦闘《せんとう》は空中戦と同様に消耗する上に、これほど距離が離れていると地上からの援護《えんご》は見込《みこ》めない。しかも津波といった戦闘の余波を考えると、討伐《とうばつ》するまでに相当な被害が想定されるじゃろうな」

既に、『島』の魔獣は出現しただけで甚大《じんだい》な被害を周囲に与《あた》えている。

これが地上や空中であれば被害も少なかっただろうが、海という場所に出現したことによって津波等の二次被害が出ているため、『島』の魔獣が動き出せば現状とは比べものにならない被害をもたらすのは明白だ。

少なくとも他地域からの応援《おうえん》を待っている間に、東部海域に面した半数以上の町や都市が犠牲になるのは免れなかっただろう。

しかし――

「トトリ、サヴァド、あんたら二人とも疲れて戦えないとか言わないわよね？」

「ハッ！　砂漠《さばく》の雑魚《ざこ》共を蹴散《けち》らしたくらいで疲れるわけなかろうが」

「まぁ僕《ぼく》は正直に言うとキツイけどね。だけど現地の魔法士たちを統率《とうそつ》することはできるだろうし、こっちは地上から二人を援護することにするよ」

　この場には三人の特級魔法士が揃《そろ》っている。

　単独で超大型魔獣を討伐した経験と実力を兼《か》ね備《そな》える者たちであり、どのような状況《じょうきょう》であろうとも任務を果たしてきた現代最高峰《さいこうほう》の魔法士たちに他ならない。

「そんじゃ閣下たちも安全なところに避難してなさい。一応学院生って立場なんだし、今回ばかりはお留守番してもらうわよ」

「まぁ……確かに立場を考えたらそうなんだけどな」

「なによ、まさか戦わせろとか言うつもりじゃないわよね？」

「いや……本当に、あの魔獣が禁呪で生み出された存在なのか？」

「そりゃ断定はできないけど、状況とタイミングを考えたら間違《まちが》いないでしょうよ。遺跡《いせき》の地下にいた奴らが禁呪を使った直後に起こったんだから――」

「それだったら、あいつは小さすぎる」

「………………は？」

レイドの言葉を聞いて、アルマが怪訝《けげん》そうに表情を歪める。

しかし、その言葉の意味を察したトトリが顔を上げた。

「そういえば……おぬしは千年前に禁呪で生まれた存在を実際に見ておったな？」

「ああ。もちろん千年前に見た奴とは別物だが……俺が見た八つ首の竜《りゅう》みたいな奴は、都市を丸ごと飲《の》み込むどころか、一つの首だけでも小山くらいの大きさがあった」

正確な水深や水中の状況は分からないが、少なくとも身体の一部を見ただけでは、レイドが千年前に見た存在よりも小さい。

それだけではない。

禁呪によって怪物《かいぶつ》が生み出されるのは――禁呪が『失敗した場合』の話だ。

そして、その代償《だいしょう》は行使した者に対して降りかかる。

つまり、あの場で唯一《ゆいいつ》生存していた白髪《しらが》の男が禁呪の行使者であり、海上に現れた『島』の魔獣こそが白髪の男が異形に変わった成れの果てということになる。

しかし、最後に見せた笑《え》みは自身を犠牲《ぎせい》にするといった覚悟ではなかった。

だから禁呪は間違いなく成功している。

しかも白髪の男の意図に沿った形で成功している。

たかが超大型魔獣を生み出した程度で終わるはずがない。

そうレイドが思考していた時、エルリアが震えている通信魔具を手に取った。

「ん……ミリス？」

『ああっ！　やっと繋がりましたっ!!　エルリア様たち今どこにいるんですかっ!?』

「今はレイドたちと一緒にパルマーレにいる」

『パルマーレッ!?　なんでエルリア様たちまで一緒にいるんですかっ!?　超大型魔獣が出たって聞いて、なんかずっと地震が止まらなくて私たちも――』

「おい待てミリス、そっちでも地震が起こったのか？」

『その声はレイドさんですか!?　いやもう何回も揺れてますよッ!!　そのせいで山間部でも土砂崩《どしゃくず》れとか起こっていて、私たちも応援に来ている魔法士の人たちと協力して避難してきた人たちの誘導《ゆうどう》とか救助をしている最中なんですってッ!!』

ヴェルミナンの別荘《べっそう》はパルマーレの地域内にあるとはいえ、レイドたちがいる都市部から遠く離れた場所に位置している。

いくら超大型魔獣が海底に接するほどの巨体《きょたい》を持つとはいえ、その動きだけで離れた地域に土砂崩れが起きるほどの地震になるとは考えにくい。

つまり――その身体は海底に接しているのではない。

『レイドさんッ!?　あれ、もしもし二人とも聞こえてますかぁーッ!?』

ミリスの声が通信魔具から聞こえてくる。
しかし、その声はレイドたちの耳に入ってこなかった。
「――嘘《うそ》でしょ」
アルマが呟いたのと同時に、パルマーレの港が漆黒《しっこく》に包まれた。
それは――巨大《きょだい》な翼《つばさ》だった。
沈《しず》みかけていた茜色《あかねいろ》の太陽だけでなく、その空さえも覆い隠す巨大な翼。
そんな巨翼が『島』の後方の海から生えている。
それと同時に、沖に浮《う》かんでいた『島』にも変化が起こっていた。
その『島』は確かに魔獣の一部と言えるものだった。
しかし――それが、本当に一部でしかなかったことを理解した。
暗闇《くらやみ》の中で浮かんでいる、黄金色《こがねいろ》の眼。
遠く離れた位置からでさえ判別できるほど巨大な双眸《そうぼう》。
それが――真っ直ぐ、レイドたちがいる大陸に向けられている。
三日月状に目を細め、脆弱《ぜいじゃく》な人間たちを嘲笑うように。
「そんな……バカげたことが、あってたまるものかッ!!」
遠く離れた場所に見える双眸を見て、トトリが耳を立てながら叫ぶ。

今、レイドたちに見えているのは頭の半分でしかない。

その奥《おく》に広げられた双翼《そうよく》は、水平線を覆い隠すほどの大きさを誇《ほこ》っている。

その場にいる誰もが、その姿を見て恐怖《きようふ》を抱いていた。

生物の本能が、その大いなる存在の前では全てが無力であると告げていた。


「────『破滅《はめつ》の災厄《さいやく》』」


そう、サヴァドが過去のレグネアで生まれた存在の名を口にする。

「ははっ……トトリ、あんたが狩《か》った『旱害獣』とどっちがでかい？」

「そんなものッ……比べられるものですらないわッ!!」

「そうねぇ……あたしが殺した『氷鯨』よりも間違いなくでかいわ」

声だけでなく、恐怖によって身体を震わせながらアルマは言う。

海上にいる『災厄』は動かなかったのではない。

あまりにも巨大である故に──ただ動けなかっただけだ。

大陸と大陸の狭間《はざま》にある地盤《じばん》……それさえも貫《つらぬ》き、容易に身体を動かすことができないほどに深く埋まっている。

だからこそ、『災厄』が動く度《たび》に地震が起こっていた。

それこそ――大陸を支える地盤さえ揺るがすほどに。

人間が相手にしようなどと考えるのもおこがましい。

千年前より遠い過去――古き時代に『神』として崇敬《すうけい》されていたであろう存在。

「――――閣下」

そう、アルマがレイドに向かって呼びかける。

その背中に向かって呼びかける。

「なんだ、たぶん時間もないから手短に話してくれ」

そう言って振《ふ》り返りながらレイドは笑う。

その笑みに恐怖は微塵《みじん》も存在していない。

その堂々とした後ろ姿に負の感情は存在していない。

それは――レイドだけではなかった。

「ん……すごくおっきい子」

「おう、俺が千年前にブッ飛ばした奴《やつ》よりもでかいな」

「もしかして……あれを倒《たお》したら、わたしはレイドより強い？」

「それは分からねぇだろ。俺が先にブッ飛ばしたらどうするんだよ？」

「それじゃ、競争する？」

「いや状況的《じようきようてき》に競争はまずいんじゃないか？　あいつが動くだけでも東部地域が津波やらで潰《つぶ》れそうだし、そこらへんも考慮《こうりよ》しないといけねぇだろ」

「そこはわたしが何とかするから、その後で競争したい」

「おー、それだったらいいんじゃないか？　前にブッ飛ばした奴はでかすぎて一週間くらい掛《か》かったけど、お前も参戦するなら三日くらいで殺せるかもしれないぞ」

「三日は長い。そろそろお腹《なか》が空《す》いてきたから一日くらいで済ませたい」

「それなら一日も半日も変わらないな。さっさと倒して飯にしようぜ」

普段《ふだん》と変わらない様子で会話を交《か》わしている。

そんな二人を見て、アルマは声を震わせながら問い掛ける。

「あんたら……どうして、そんな平然としてるのよ？」

それはアルマだけでなく、その場にいるトトリたちの言葉も代弁したものだろう。

だからこそ、レイドとエルリアは普段と変わらない様子で答える。

「──あんな奴より、『英雄《えいゆう》』と『賢者《けんじゃ》』の二人の方が強い」

　そう二人で声を合わせたところで、レイドたちは互《たが》いに笑いあった。

「やっぱりそうだよな。ちょうど海で人もいないから暴れ放題だしよ」

「たまには全力を出さないと身体が鈍《なま》っちゃう」

「今回はお前も全力でやれるんじゃないか？　学院の試験でもないし、非常事態なんだから好き勝手にやっても大丈夫《だいじょうぶ》だろ」

「うん。ルフスの時は制限もあって魔術単体しか使えなかったから、今回はちゃんと魔法で全力を出してみたいと思う」

「まったく羨《うらや》ましいもんだ。俺も剣《けん》があればいいんだが、ヴィティオスが海の藻屑《もくず》になったんならデカブツの近くにでも落ちてねぇかな」

「ん……それじゃ、また作る？」

「あれも結構魔力《まりょく》使っちまうだろ。お前だって久々に暴れたいだろうし、俺も全力の魔法を見てみたいから今回は全力の『素手《すで》』で我慢《がまん》するさ」

「……素手だと、《武装竜》の鎧《よろい》も壊《こわ》せないのに？」

「おうおう煽《あお》るじゃねぇか。あの時は後ろにミリスたちがいたし、俺が全力で殴った衝撃《しょうげき》の余波で死なせちまう可能性もあったからな。だから力を抑《おさ》えてたんだよ」

「……レイドもなかなかの負けず嫌い」

「本当のことだからな。ちゃんと今から証明してやるから見てろよ」

「うん、ちゃんと見ててあげる」

どこまでも楽しそうに二人は笑い合う。

「ああ……そういやアルマたちに頼《たの》んでおかないとな」

「うん。アルマ先生たちじゃないと、たぶんみんなのことを守れないから」

「みんなを守るって――」

そう訊《き》き返してくるアルマに対して、二人は笑顔と共に告げる。

「「――『最強』と呼ばれた者たちの戦いに、巻き込《こ》まれないように」」

誰よりも心強い笑み。

そして――何者よりも恐《おそ》ろしく凶悪《きょうあく》な笑みと共に告げた。

◇

アルマたちに全てを任せた後。

レイドたちは海上で静止している『災厄』の下に向かっていた。

「わたしたちが近づいても、全然動く気配がない」

浮遊魔法《ふゆうまほう》によって、上空から『災厄』の様子を観察する。

「みたいだな。あの白髪野郎が覚醒云々《かくせいうんぬん》って言っていたから、俺たちが乱入したせいで完全に目が覚めてないんじゃないか？」

「……動いてないなら、すぐに終わっちゃうかもしれない」

「そこは残念そうにするなよ。下手に動かれたら東部地域が壊滅《かいめつ》するんだから」

「ん……ティアナたちが頑張《がんば》って復興させたから、それを壊されるのは困る」

不満そうに頬《ほお》を膨《ふく》らませていたエルリアだったが、大切な愛弟子《まなでし》たちが丹精込《たんせいこ》めて復興させたということもあって思い直してくれたようだ。

「それより……とりあえず足場かなんか作ってくれないか？」

今、エルリアはレイドのことを抱きかかえながら浮いている状況だ。

小柄《こがら》なエルリアに抱《かか》えられている姿は何とも言えない歯痒《はがゆ》さがある。

「まさか、わたしがレイドを抱っこする日が来るとは思わなかった」

「まったくだ。普段は俺がお前を抱えたり背負ったりしてるってのに」

「……わたし、あんまり抱っこしてもらった記憶《きおく》ない」

「そりゃ全部お前がぽけぽけの時だからな」

「それじゃ、帰る時にはレイドに抱っこしてもらう」

そう妙《みょう》なところに決意を燃やしてから、エルリアは静かに『災厄』を見下ろす。

「レイド、自由に動けるようにしてあげるからお願いがある」

「おう。俺にできることなら構わないぞ」

「今から魔法《まほう》を使うから、レイドのことを『高い高い』したい」

「九十歳近いジジイだから相当高くないと喜ばねぇぞ」

「わたしなら星に手が届くくらいまで飛ばせる」

「………冗談《じょうだん》だよな？」

「冗談だけど、しばらく浮いていて欲《ほ》しいから合わせて跳《と》んで欲しい」

「はいよ。それじゃ――特等席でお前の魔法を見物してやるよッ!!」

流れる動作でエルリアが腕《うで》を上げ、その動きに合わせてレイドが勢いよく跳躍《ちょうやく》する。

それと同時に、エルリアは魔装具によって周囲に『魔法』を展開した。

「――《悠久《ゆうきゅう》の流れに身を任せ、遍《あまね》く星々の下を流転《るてん》する大海よ》」

その歌声に合わせて、展開された数多《あまた》の魔法が鳴動する。

エルリアが創り上げた『魔法』において、詠唱《えいしょう》という過程は省かれている。

詠唱は単に言葉を紡《つむ》いでいるだけでなく、その声に魔力を乗せて、引き出した魔力に対して適切な音程、拍子《ひょうし》、言語を用いなければならない。

その習得に長期間の訓練を必要とするだけでなく、個々の能力と修練の進み具合によって魔術の威力《いりょく》は増減し、確実な再現性というものがなかった。

それを再現可能にしたのが魔力回路であり、それによって詠唱という過程は消えた。

「《星々と共に世の理を見守り続けた功績を讃《たた》え、彼《か》の者たちに安寧《あんねい》と休息を与えよ》」

しかし『賢者』は魔術において天賦《てんぷ》の才があった。

その類稀《まれ》なる才によって、魔術に要する詠唱の全てを網羅《もうら》した。

それだけではない。

魔術を基にして創り上げた『魔法』という技術を用いて、自身が展開した魔法たちに魔術の行使に必要な過程と儀式を代行させることで、本来であれば数百人規模で執《と》り行う大規模魔術さえも単独で実現するに至った。

世の理に通ずる魔術を正しく理解し、その智慧《ちえ》によって万象《ばんしょう》の力へと変える。

だからこそ――エルリア・カルドウェンは『賢者』と呼ばれた。

「――《氷寧の揺籃》」

白銀に輝《かがや》く吐息《といき》と共に、エルリアが言葉を紡いだ瞬間《しゅんかん》――

眼下に広がっていた大海が動きを止めた。


白波を立て、荒れ狂《くる》っていた大海が時を止められたように凍《こお》りついていく。

それは眼下に見える『災厄』の周辺だけではない。

水平線の彼方《かなた》まで続く――氷の大地。

世に存在する全ての大海を氷に変えたと言わんばかりの光景。

その光景を生み出した張本人は、氷の大地を眺めながら呟《つぶや》く。

「これで――たくさん暴れても大丈夫になったよ、レイド」

遥《はる》か天上へと跳躍していった『英雄』に向かって言葉を掛ける。

その直後、空に浮かんでいた茜色の雲が穿《うが》たれた。

「元が海だったら――どれだけブッ壊しても文句は言われねぇからなッ!!」

重力による確かな加速と威力を伴《ともな》って、眼下に見える『災厄』の頭部に狙《ねら》いを定める。

『英雄』という存在が認知《にんち》されたのは、ある一つの出来事がきっかけだった。

その昔、アルテインとヴェガルタの国境には火山が存在していた。

その火山は幾度《いくど》となく噴火《ふんか》を繰《く》り返し、流れ出た溶岩《ようがん》によって周囲の土地を焦土《しょうど》に変え、降り注ぐ火山灰によって周囲から陽光を奪《うば》ってきた。

そして両軍が火山付近で戦闘を行っていた際、噴火の兆候が確認された。

しかし戦闘中であった故に伝令が遅れ、両軍が撤退《てったい》を行う前に火口から轟音《ごうおん》と噴煙《ふんえん》が立ち上り、赤熱《せきねつ》した溶岩によって両軍の兵士が骨すらも残らず焼かれる事態に陥《おちい》った。

本来であれば――そのはずだった。

その噴火を食い止めたのが、レイド・フリーデンという人間だった。

その方法は語るまでもなく単純明快。

ただ――力任せに火山そのものを踏《ふ》み潰しただけだ。

何も特別なことはしていない。

アルテイン帝国《ていこく》軍に所属した兵士が繰り返し行う帝国軍式近接格闘《かくとう》術。

その項目《こうもく》の中にある、何の変哲《へんてつ》もない『相手を踏みつける』というだけの技だった。

唯一異質だったのは――レイド・フリーデンという人間だけだった。

その踏みつけによって、雄大《ゆうだい》な火山は無残にも消し潰された。

火山の下にあった溶岩溜《ようがんだ》まりごと押し潰し、その地下を流れている溶岩流の道筋さえも変え、その火山は永遠に死に絶えて巨大な窪地《くぼち》に変貌《へんぼう》した。

その場に残ったのはレイド・フリーデンという人間がもたらした圧倒的《あっとうてき》な力と、その場にいた全ての人間を無傷で守ったという現実だった。

その日から、怪物じみた力を持った人間は『英雄』という呼び名に変わった。

それと同時に、無名だった格闘術の技に名が与えられた。

子供に語り聞かせる冒険譚《ぼうけんたん》の中で、怪物の顎《あご》を踏み抜《ぬ》き殺したという道具の名。

「――――《鉄靴《てっか》》」

その静かな言葉と共に、レイドが『災厄』の頭部を全力で踏み抜いた瞬間――

氷獄《ひょうごく》の大地が砕《くだ》き抜かれ、その巨体が深く奥底《おくそこ》へと沈み込んでいった。

どこまでも深く、深く、氷獄の大地に向かって押し込み、その頭部を覆っていた氷壁《ひょうへき》によって肌《はだ》を抉《えぐ》り取り、白銀の氷壁を悍《おぞ》ましい紫色《むらさきいろ》の血で染め上げていく。

『――――――ッ!!』

穿たれた氷穴の奥から、耳を劈《つんざ》く不快な絶叫《ぜっきょう》が響《ひび》いてくる。

「うわ……なんか生理的な嫌悪《けんお》っていうか、聞いてるだけで頭がおかしくなりそうだな」

「……いきなり頭を踏み潰されたら、誰《だれ》だって恨《うら》み言くらい吐《は》くと思う」

「海ごと凍らせて閉《と》じ込めた奴も大概《たいがい》だろうがよ」

そんな軽口を叩き合いながら、氷の中で藻掻《もが》く『災厄』を見下ろす。

そこでようやく、先ほどまで確認できていなかった全容が見えた。

衝撃によって歪《ゆが》んだ頭部と、天上へと向けられている三対の金眼《きんがん》。

その頭部の下に見える人間に似た上半身と三対の腕。

砕かれた氷塊《ひょうかい》の中に埋《う》もれている双翼。

そして、氷穴の中からレイドたちに対して重厚《じゅうこう》な敵意と殺意を向け、悲鳴なのか威嚇《いかく》なのか定かではない耳障《みみざわ》りな咆哮《ほうこう》を響かせている。

「やべぇ、ちょっと周りを壊し過ぎて上半身が自由になっちまったか？」

「うん、なんかわしゃわしゃ動いてる」

レイドたちも自由に動けるようになったが、『災厄』も氷という掴《つか》むことができる物体を得たことによって、その身体を地下から引き抜こうと氷壁に両手を這《は》わせている。

その振動によって、氷の大地にも徐々《じょじょ》に亀裂《きれつ》が走り始めていた。

「これ、レイドが火山を潰した時みたいに奥へと押し込んだらどうなるんだろう」

「この化け物が溶岩の中で溶《と》けて消えると思うか？」

「なんか生命力強そうだから生き残る気がする」

「だよな。わりと本気で踏み抜いたのに頭も原形が残ってるし」

「もしかしたら、生物より魔法に近い存在なのかもしれない」

「あー、禁呪《きんじゅ》そのものが生物の形を取っているみたいな感じか？」

「うん。それもレイドの魔力みたいに色々と詰《つ》まっている感じだと思うから、わたしの魔法でもピンピンしてるし、レイドの攻撃《こうげき》を受けても傷だけで済んでる。あと呪術《じゅじゅつ》が基になっているならサヴァドの《鬼哭譚《きこくたん》》みたいに不死性とか超再生《ちょうさいせい》もあるかもしれない」

「マジかよ……アルマたちの前で意気揚々《いきようよう》と格好つけちまった手前、今さら不死身だから倒せないとか言いに戻《もど》るのは恥《は》ずかしくないか？」

「それはあまりにも恥ずかしい……」

「まぁ俺《おれ》としては一つだけ解決策があるんだけどよ」

「ん、わたしも一つだけ確実な方法を知ってる」

二人で顔を突《つ》き合わせながら頷《うなず》く。

「「死ぬまで全力で殴り続ける」」

結局のところ、そういった単純な結論に落ち着いた。

「なにせ何も気にせず暴れる機会なんて、現代どころか千年前ですら無かった千載一遇《せんざいいちぐう》のチャンスだからな……ッ‼」

「今まで危なくて試《ため》せなかった魔法も、今日は撃《う》ち放題のパーティタイム」

人類の脅威《きょうい》である『災厄』を前にして、二人が笑みを浮かべながら骨を鳴らす。

そうして、二人が思う存分に力を振るおうとしたところで――

キィン――と、どこからともなく金属音が鳴り響いた。

その瞬間、周囲の空気が明らかに変わった。

先ほどまで聞こえていた、『災厄』の苦痛と怨嗟《えんさ》に満ちた唸《うな》り声や、氷壁を削《けず》り這い上がろうとする音の全てが消えている。

それだけではない。

先ほどまで感じられていた風の音や空気の流れも消え、まるで世界の中でレイドたちだけが隔絶《かくぜつ》された奇妙《きみょう》な感覚が全身に伝わってくる。

それによって――レイドは確信と共に口を開いた。

「遅《おそ》かったじゃないか――ウォルス・カルドウェン」

そう虚空《こくう》に向かって言葉を掛ける。

『――まったく、ここまで無茶《むちゃ》なことをするとは思っていなかったよ』

反響《はんきょう》するような声がレイドたちの周囲で響く。

その言葉に対して、レイドは笑みを浮かべながら言葉を交わす。

「無茶をすれば、そっちの方から出てきてくれると思ったんでな」

レイドが立てた黒幕の目的。

過去を改変することによって未来を変えるという計画。

未来が大きく逸脱《いつだつ》するほどの行動をレイドたちが取ろうとすれば……その行動を止めるために表舞台《おもてぶたい》へと出てくるしかない。

『うーん……まんまと引きずり出されちゃったけど、君たちが暴れすぎると僕の目的を果たすのに支障が出るかもしれないんだ。だから君たちの足元にいる奴の倒し方については教えてあげるから、サンドバッグにして暴れるのは勘弁《かんべん》してもらえないかな?』

「だが――先に無茶をしたのは、あんたの仲間たちの方だろう?」

そう僅《わず》かに怒気《どき》を孕《はら》ませると、ウォルスは小さく息を吐いてから答える。

『彼らは僕の仲間じゃないよ。正確には元々仲間だったんだけど、僕が独断で動いて裏切るような形になったっていうのが正しいかな』

「……それは、未来のアルテインでは仲間だったたってことか」

『そういうことだね。君たちがいる時間軸《じかんじく》とは別の未来、そして現代で換算《かんさん》すると千年後の未来で……ああ、千年後っていうのは転生後の時間軸のことだからね？　ちょっと過去とか現代やら未来と色々あって複雑だから分かりにくいと思うんだけどさ』

そう、包み隠《かく》すことなくウォルスは語る。

しかし、望んでいるのはそんな説明ではない。

訊きたい言葉はそんな内容ではない。

「――――お父さん」

虚空に向けて、エルリアが姿の見えない父親に対して言葉を掛ける。

「わたしは……誰なの？」

『……すまないね、エル。それは答えられないんだよ』

「どうして、答えられないの？」

『他でもない、君自身が望んでいなかったからさ』

少しだけ、その声音を下げながらウォルスは答える。

『その事実について知ることを、以前の君は望んでいなかった。そして僕はそんな君の願いを叶《かな》えたかった。だから僕には答えることができないんだ』

「……千年ぶりに話せたのに、相変わらずお父さんは意地悪だ」

『…………ああ、そうだね』

瞳《ひとみ》を濡《ぬ》らし、声を震《ふる》わせるエルリアに対して申し訳なさそうに言葉を返す。

『悪いけど、僕から話せることはこれ以上ない。こうして話している時間も長くはとれないし、下にいる奴を倒してハッピーエンドということで――』

「……じゃあ、もういい」

『…………え？』

頬をぷくりと膨らませながら、エルリアは『災厄』に向かって狙いを定める。

「気が済むまで、いっぱい魔法を使ってストレス発散する」

『いやいやいやッ⁉　それはまずいって僕言ったよねッ⁉　君たちが本気で暴れると世界の生態系が壊れるどころか平和な世界が滅亡《めつぼう》するんだよッ⁉』

「知らない。何も話してくれないお父さんの言葉なんて信じない」

ぷいっと子供が駄々《だだ》をこねるようにエルリアがそっぽを向く。

その様子を見て、明らかにウォルスの声が動揺《どうよう》した様子を見せた。

『いや本っっっっ当に話せないことなんだよッ!!　だからお詫《わ》びというか謝罪みたいな感じで君たちの前に出てきて下にいる奴の倒し方を教えに来たんだってッ!!』

「エルリア、気晴らしだったら俺も付き合うぞ」

『レイドくんッッ!!　君まで参戦したら本格的に滅亡が加速するッッ!!』

「だけどエルリアの言葉にも一理あるだろ。何を訊いても話せない、そんな奴の言葉を信用なんてできない。もしかしたら『ウォルス・カルドウェン』を騙《かた》っているだけの他人かもしれない……それだったら俺はエルリアの気が済むようにやらせるさ」

『待って……お願いだから本当に少し待ってくれないかい……？』

そう懇願《こんがん》するようにウォルスが声を上げる。

そして……悩《なや》み抜いた末に大きく溜息《ためいき》をついた。

『分かったよ……とりあえず今は時間が無いから全部を話すことはできない。だから対処方法を教えて全部終わった後、僕に会いに来てくれたら何もかも説明するからさ』

「どこに会いに行けばいいんだ？」

『それを教えないのも条件の一つさ。僕にも色々と準備があるし、僕の痕跡《こんせき》や情報を辿《たど》って現代にいる僕を見つけてくれ』

「そんな回りくどいことさせると、エルリアが準備運動を始めるぞ」

『いや本当にこれは譲歩《じょうほ》したんだってッ!! 僕を見つけた後なら本当に全部話すからッ！ それだけは絶対に違《たが》えないって約束するからッ!!』

「そういう条件らしいが、エルリアとしてはどうだ？」

「………致《いた》し方《かた》なし」

『よぉしッ！ さすがエルは賢《かしこ》い子だッ!! それじゃ本当に時間ないからパパッと下にいる奴の倒し方を教えるから聞いておいてくれよッ!!』

若干焦《じゃっかんあせ》った様子のウォルスが早口でまくし立てる。どうやら本当に時間がないらしい。

『まず、あれはエルが推察した通り「魔法」の一種みたいなものだ。だから殴《なぐ》ったり蹴《け》ったり燃やしたり凍らせたりしても死なないし、傷ついても時間経過で再生される』

「……それじゃ、魔法式を読み取って解体すればいい？」

『いや、そいつに使われているのは未来の魔法式だ。いくら君が『賢者』という天才であっても、その全てを理解して解体するのには時間が掛かる』

だけど、とウォルスは言葉を続ける。

『奴の体内には魔法の核《かく》となっている部分がある。それをレイドくんの魔力を使って無理やり破壊《はかい》すれば、奴は原動力である核を失って消滅《しょうめつ》する』

「……その核ってのはどこにあるんだ？」

『人間でいうところの心臓部分だ。普通《ふつう》の攻撃だと核を完全に破壊するのは難しいだろうけど……以前エルが作った「魔剣《まけん》」だったら確実に破壊できる威力がある』

「……なるほどな。それじゃ一旦《いったん》あんたの言葉を信じてやるよ」

そう言葉を返してから、レイドは虚空を睨《にら》みつける。


「すぐに会いに行ってやるから待っとけよ――ウォルス・カルドウェン」


その言葉に対して返答はない。

代わりに――今まで失われていた音が戻ってきた。

耳障りな絶叫と氷壁を砕き割る音がレイドたちの耳に入ってくる。

「まったく……千年ぶりに再会したんなら、もっと娘《むすめ》に声を掛けてやれってんだ」

「ん……大丈夫、わたしはあんまり気にしてない」

ふるふると首を振りながらエルリアは答える。

「ちゃんとお父さんにも事情があるのは分かってる。だから……ちゃんとお父さんのことを追いかけて、ちゃんと捕《つか》まえて全部教えてもらうことにする」

そう、レイドに向かって微笑《ほほえ》みながら答える。

その言葉に対して、レイドも笑みを浮かべながら頷いてみせた。

「そうだな。それじゃさっさと会いに行くためにデカブツを倒すか」

「たくさん魔法を試したかったのに残念……」

「今度父親に会った時に全部試してやれ」

「それはナイスアイディア」

「だけど死なない範囲《はんい》で済ませるんだぞ」

そうして二人で笑い合いながら、エルリアが魔法を集約して『剣』の形に変えていく。

「レイド」

「おう、なんだ?」

「色々と……たくさんありがとう」

「いきなり改まってどうした」

「なんとなく、言いたくなった」

晴れやかな笑顔《えがお》と共にエルリアは語る。

「本当は……やっぱりちょっと不安だった。自分がよく分からない、自分じゃない知らない存在かもしれないって思うと、少しだけ怖《こわ》くなった」

海色の瞳を僅かに揺《ゆ》らしてから、エルリアは頭を振る。

「だけど――分からなくなっても、レイドが証明してくれるから大丈夫」

以前にも見た、満面の笑みと共にエルリアは告げる。

だからこそ、レイドも頷きながら答える。

「おう。いくらでもお前が『賢者』エルリア・カルドウェンって証明してやるよ」

「うん。それに今日はいっぱいかっこいいところも見せられた」

「そうだな。海を丸ごと氷漬《こおりづ》けにするってのには驚《おどろ》いた」

「ほ……惚《ほ》れ直した？」

頬を赤らめながら、レイドの反応を窺《うかが》うように訊いてくる。

そんな以前とは違う、少しだけ成長したエルリアを見つめながら――

「――ずっと惚れてんだから、そんなもん今さらだ」

少しだけ、ぶっきらぼうに答えてから『剣』を振るった。

終章

その後、レイドたちの手で海上に出現した『災厄』は完全に消滅した。

氷に変えられた海はエルリアが魔法を解除したことで元の穏《おだ》やかな海に戻り、『災厄』が出現した際に発生した以外には目立った被害《ひがい》もなく、二次被害も起こっていない。

それらが無かったのは、主にアルマたちの功績によるものだろう。

だからこそ、戻ってきた時にはめちゃくちゃ怒《おこ》られた。

「いやもう本当にさぁ……そりゃあんたら二人が本気を出すって言うから覚悟《かくご》してたけど、あそこまで規格外のことをしてくるとは思ってなかったわよ……ッ!!」

「大変じゃったのう……。わしとアルマの魔法でどうにか衝撃と振動《しんどう》を相殺《そうさい》して被害を抑えて、吹《ふ》き飛んできた氷の破片《はへん》が沿岸部を傷つけないように配慮《はいりょ》したりのう……」

「うん……二人には悪いけど、もう二度とやりたくないね……。氷の破片が霰《あられ》みたいに飛んでくるからキリがないし、それを全部打ち落とすだけで神経がすり減ったよ……」

なんだかトトリとサヴァドが年相応に老《ふ》けたと思うくらいに疲労《ひろう》していた。

その中で怒るだけの気力が残っていたアルマについては、いいかげんレイドたちのやることに対して慣れが出てきたということなのだろう。

そして詳細《しょうさい》を報告した後、無事にミリスたちとも再会できた。

「うあああああっ……やっぱりエルリア様たちは無事でしたぁぁ……っ!!」

「ミリス嬢《じょう》、その言い方だと無事で残念がっているように聞こえるぞ」

「だってめちゃくちゃ地面揺れてドッカンドッカン音してたからぁぁぁあっ!!」

「オレは魔具《まぐ》で状況《じょうきょう》を確認《かくにん》していたが、主な音の発生源はレイドたちだったぞ」

「そんなことだろうと思ってましたぁぁぁぁあっっ!!」

そうして泣きじゃくるミリスをあやし、詫びとして特別訓練を行ってやると提案したら一瞬《いっしゅん》で泣き止《や》んで「それはマジで遠慮《えんりょ》します」と真顔で拒否《きょひ》されてしまった。

すっかり慣れた様子の二人とは対照的に、ファレグたちは安堵《あんど》の表情を浮かべていた。

「本当に……お二人が無事で何よりでした」

「ランバットさんから二人がパルマーレにいるって聞いた時は肝《きも》を冷やしたっすよ……」

「ハッ！　僕《ぼく》は一切《いっさい》心配などしていなかったがなッ！　僕の師事している奴が超大型魔《ちょうおおがたま》獣《じゅう》に負けるほど弱い奴だったら簡単に追い越《こ》せてしまってつまらないだろうッ!!」

その後、ファレグは二人から殴られて烈火《れっか》のごとく叱《しか》られていた。

言葉こそ普段と変わらないが、ファレグなりに心配していたのだと思っておこう。

そして今回の件について詳細を報告するということで――


「――いやぁーっ！　超大型魔獣の討伐《とうばつ》おめでとうっ!!」


レイドたちはパルマーレ最寄《もよ》りの魔法学院に赴《おもむ》き、エリーゼから歓待《かんたい》を受けていた。

「まさかまさか、学院生の身分でありながら超大型魔獣を討伐しちゃうなんてねぇっ！君たちの実力については疑っていなかったけど、実際にそれを成《な》し遂《と》げちゃったんだからボクも学院長として鼻が高いよっ!!」

それはもう上機嫌《じょうきげん》といった様子で、ドンドンパフパフと魔具を鳴らしていた。

「まぁ……今回も学院生という立場で無茶をした自覚があるので、何かしらお咎《とが》めがあったとしても甘《あま》んじて受けようとは考えています」

「いーやッ！　今回ばかりは何も言わせないねッ!!　これまでに確認されてきた超大型魔獣の中でもトップクラスッ！　証人は特級魔法士三名に加えてパルマーレ近郊《きんこう》にて活動を行っていた全魔法士たちッ！　これで二人に褒賞《ほうしょう》なしは世間が黙《だま》っちゃいないッ!!」

「そして学院長は誰からも怒られずに済むと」

「うんッ！　いやもう本当にそれが心の底から嬉《うれ》しいねッ!!」

積年の鬱憤《うっぷん》を思い返したのか、エリーゼが幼女に似合わない渋面《じゅうめん》を作っていた。ようやく胃薬の量も減っていくことだろう。

「まぁ二人については最短卒業コースで確定かな。ついでに超大型魔獣の討伐経験もあるから、エルリアくんについては最年少の特級魔法士になるだろうね」

「そういえば俺の能力については依然《いぜん》として不明ですけど、登録上は魔法士ということになる形なんでしょうか？」

「たぶんそうじゃないかな？　それこそ前例で言えばサヴァドくんが極《きわ》めて稀な身体強化主体の魔法士だと言えるし、レイドくんも同じ分類に入れて構わないと思うよ」

「なるほど。魔法士になることがカルドウェン当主と交わした条件なので、それを満たすことができる形なら俺は構いません」

「そういえば、その条件で二人は婚約《こんやく》しているんだもんね。その流れで気になったから聞いておきたいんだけど――」

そう言ってから、エリーゼはひょこりと顔を横に動かす。

そこには普段と同じように、レイドの隣《となり》でエルリアが座《すわ》っている。

しかし、普段とは少しだけ違うところもある。

「……なんか、いつもよりエルリアくんの距離《きょり》が離《はな》れてないかい？」

「にゅっ！」

エリーゼの言葉によって、エルリアが何か生えてきそうな擬音《ぎおん》を発しながらびくりと身体を跳《は》ねさせる。バリエーションに富んだ反応だ。

「いつもだったら所構わず二人でイチャイチャしてるのに、今日はなんかよそよそしい感じもあるというか……もしかして新しいイチャつき方の研究中かい？」

「そんな妙な試みはしていませんから。単純にそういう日ってだけですよ」

「そういう日ってどういう日だい？」

「なんかいつもより少しだけエルリアが距離を取る日です」

「そのまんますぎて何も言えない……ッ!!」

実際のところ、エルリアも距離を取っているというわけではない。

今も一人分ほど間を空けているが、しっかりとレイドの袖《そで》は握《にぎ》り締《し》めている。

それに……発端《ほったん》についてはレイドが無自覚に口走った言葉にある。

何かしらの意識改革がエルリアの中で行われたのかもしれないが、結局のところ大きな変化はなく、なんだかんだ普段通り過ごしている状況だ。

「まぁ二人が仲良しならいいかな。なにせ『レイド』と『エルリア』なんだからね」

そう微笑みながら、以前話した恋物語《こいものがたり》に出てくる人物たちの名を口にする。

エルフたちの間で伝わっている『英雄』と『賢者』の恋物語。

まるで――誰かがそんな結末を望んでいて、それが実現することを願うように伝承として伝えたかのような物語だ。

「とりあえずボクからは以上っ！　総合試験が迫《せま》っているから休んでいる暇《ひま》はないかもしれないけど、ちゃんと準備は怠《おこた》らずに試験へと臨《のぞ》むようにっ！」

「ああ、準備と言えば学院長の方は大丈夫なんですか？」

「へ？　何が？」

「何か準備が必要とか言っていたじゃないですか」

「うん……？　なんだろう、総合試験の挨拶《あいさつ》？　アルマくんに対するお説教？　それとも口うるさいおじさんたちを回避《かいひ》する言い訳の用意？」

そう首を傾《かし》げながら、エリーゼが頭の上に大量の疑問符《ぎもんふ》を浮《う》かべる。

そんなエリーゼを眺《なが》めながら、レイドは笑《え》みを浮かべていた。

「数日前にした約束を忘れないでくださいよ」

そして、静かに笑みを消してから――

「すぐに会いに行くって言っただろ――ウォルス・カルドウェン」

そう、学院長であるエリーゼ・ランメルに向かって告げた。

あとがき

平素よりお世話になっております、藤木《ふじき》わしろでございます。

今回は初手謝罪とさせていただきます。


〆切を守れず、本当に申し訳ありませんでしたッッッ!!


この文章が世に晒されているということは無事に刊行できたということなんでしょうが、七年近く文章を書いてきて、最初に設定した期日から延ばしに延ばしたのは今回が初めてだったかと思います。

普段だったら「〆切ギリギリですみませんw」とか草を生やしつつ間に合わせていたのですが、今回は草が生えるどころか枯れ果てて不毛の大地が生まれかけていました。

改めて編集さん並びに関係各所に謝罪させていただきます。申し訳ありません。

すごい真面目に反省しつつ、ここで言い訳を挟んでいこうかと思います。

まず一つ目は体調不良です。運動不足は怖いので皆さんも気をつけてください。

そして二つ目は結構真面目な理由だったりします。

私は企画を作る際には「十巻分の構想を立てておく」といった形を取っています。今まで携わった全ての作品で共通して徹底している部分です。

そして状況によって話数を前後させて、物語を整えるようにしています。

これを見ると私はとても計画性に溢れた人間に見えます。そこは褒めてください。

そして今回の三巻についても調整を行っていたわけです。

しかし、ここで思い出していただきたい。

今作は「過去と現在、そして未来が錯綜する最強夫婦無双譚」といったものです。

はい、もうお分かりですね。

物語上で過去と現在と未来が錯綜しているんですから、それを組み直そうとしたら作者自身が錯綜して脳がパァーンって爆発するに決まっていますよね。

その結果、毎日色々こね回しながら「これ考えたの誰だよぉぉぉぉッッ!!」って頭に机を打ちつけながらブチギレていました。しかもそのストレスで体調不良が加速したせいで作業が遅れるという、自業自得と因果応報を体現して見せるという失態です。

しかし仕事である以上言い訳でしかないので、深く反省しております。

私の反省だけで終わらせるのも良くないので、内容に触れていきます。

「藤木わしろは三巻に水着を出してくる」

以上が作者からの内容コメントとなります。

私の謎のこだわりに言及しつつ、謝辞に移らせていただきます。


編集様。二巻での犯行予告を現実にしてしまったので、私には何も発言権がありません。今後の伏線回収は物語の中だけに留めておきます。

編集様には私を全力でシバキ回す権利を贈呈させていただきます。

イラスト担当のへいろー様。今回は本当にご迷惑をお掛けして申し訳ありません。それでも変わらず素晴らしいイラストを仕上げていただき、本当に感謝の念が堪えません。

そして今作に携わっていただいた方々にも謝罪と感謝を、そして手に取ってお読みいただいた読者の方々に最大の謝辞を送らせていただきます。

藤木わしろ

HJ文庫 https://firecross.jp/
1058

英雄と賢者の転生婚 3
～かつての好敵手と婚約して最強夫婦になりました～
2023年1月1日　初版発行

著者――藤木わしろ

発行者―松下大介
発行所―株式会社ホビージャパン

〒151-0053
東京都渋谷区代々木2-15-8
電話　03(5304)7604（編集）
　　　03(5304)9112（営業）

印刷所――大日本印刷株式会社

装丁――木村デザイン・ラボ／株式会社エストール

Printed in Japan

ISBN978-4-7986-3041-0　C0193

ファンレター、作品のご感想
お待ちしております

〒151-0053　東京都渋谷区代々木2-15-8
(株)ホビージャパン HJ文庫編集部 気付
藤木わしろ 先生／へいろー 先生

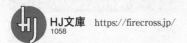

ただの数合わせだったおっさんが実は最強!?

最低ランクの冒険者、勇者少女を育てる
～俺って数合わせのおっさんじゃなかったか？～

著者／農民ヤズー　イラスト／桑島黎音

異世界と繋がりダンジョンが生まれた地球。最低ランクの冒険者・伊上浩介は、ある時、勇者候補の女子高生・瑞樹のチームに数合わせで入ることに。違い過ぎるランクにお荷物かと思われた伊上だったが、実はどんな最悪のダンジョンからも帰還する生存特化の最強冒険者で—!!

シリーズ既刊好評発売中

最低ランクの冒険者、勇者少女を育てる 1～2

最新巻 最低ランクの冒険者、勇者少女を育てる 3

HJ文庫毎月1日発売　発行：株式会社ホビージャパン